Rubén Darío

Prosa Dispersa

Obras Completas Vol. XX

Rubén Darío

Prosa Dispersa
Obras Completas Vol. XX

ISBN/EAN: 9783337363826

Printed in Europe, USA, Canada, Australia, Japan

Cover: Foto ©Andreas Hilbeck / pixelio.de

More available books at **www.hansebooks.com**

PROSA DISPERSA

RUBÉN DARÍO

PROSA DISPERSA

PROSA DISPERSA

POR

RUBÉN DARÍO

VOLUMEN XX
DE LAS OBRAS COMPLETAS
ADMINISTRACIÓN:
EDITORIAL «MUNDO LATINO»
MADRID

EL SILLÓN DE LECONTE DE L'ISLE
La Juventud y la Academia
Lo que dijo Charles Morice
Verlaine y Zola.

HACE poco más de un año nos hallábamos en mi habitación, en un hotel de París, cerca de la Bolsa, el poeta Maurice Duplessis, porta-estandarte de la escuela romana; el simpático y sutil Kreutzberger, a la sazón crítico literario de *La Cocarde*, y Enrique Gómez Carrillo, cuyo nombre es bien conocido por los lectores de *La Nación*.

Charlábamos amistosamente, fabricando cada cual su grog, cuando apareció en la puerta la cabeza moruna de Alejandro Sawa, el escritor español.

Entró Sawa, seguido de un señor alto y flaco, medio *clergyman* y medio pianista, pálido, de larga cabellera obscura, que le caía sobre los hombros, con un aire de aparecido.

—M. Charles Morice.

Levantéme, y abriendo un libro que estaba sobre mi mesa, leí:

Impérial, royal sacerdotal, comme une
République Française en ce quatre-vingt-treize
Brûlant empereurs, rois, prêtres dans la fournaise,
Avec la danse autour de la grande commune.
L'étudiant et sa guitare et sa fortune
À travers les décors d'une Espagne mauvaise

Mais blanche, de pieds nains et noire d'yeux de braise,
Héroïque au soleil et folle sans la lune.

Néoptolème, âme charmante et chaste tête,
Dont je serais en même temps le Philoctète
Au cœur ulcéré plus encore que la blessure,
Et pour un conseil froid et bon parfois l'Ulysse:
Artiste pur, poète où la gloire s'assure,
Cher aux lettres, cher aux femmes, Charles Morice.

A los pocos instantes, vibrando aún los versos de Paul Verlaine, Charles Morice saboreaba también su grog, y, a propósito de un Walt Whitman que encontró en mi mesa, discurría sobre literatura yanqui.

No es ya el autor de la *Littérature de tout à l'heure* el mismo del soneto de su amigo y maestro, ni siquiera el pintado por Emile Coursange. «La cabeza es adelgazada, bien puesta sobre el cuello flexible y delicado—la barba ligera, obscura, realza la palidez del rostro y atenúa la sequedad de los contornos; la frente elevada, apenas agrandada, que encuadra una cabellera fina y rara, está alzada con brutalidad—; la nariz altiva, aguileña, enérgica—la boca fina y sensual, acentuada por un bigote felino—, el *mentón* que se adivina bajo la barba, a la vez autoritario y campechano, completan esta fisonomía tan compleja, tan contradictoria del poeta, donde la cabeza, donde las pasiones, parecen en lucha perpetua con el alma; pero la sostienen, la avivan.» Esas palabras fueron escritas tres años antes: 1889. Hoy, Charles Morice parece gastado, quizás minado por una dolencia.

Es, entre la juventud literaria, uno de los maestros. Fué uno de los fundadores del simbolismo, después se separó del cenáculo. Ninguno de sus antiguos compañeros, a excepción de Barrés y Paul Adam, ha escrito obra más seria y trascendental que el autor de *Littérature de tout à l'heure*.

Cuando se trató en Francia de la elección académica para el sillón de Leconte de L'Isle, Charles Morice habló en nombre de la juventud.

Sus palabras fueron las que los lectores de *La Nación* verán en seguida.

«Algunas gentes se forman voluntariamente de cualquiera que atrae y retiene las miradas de los hombres, la idea de un alto funcionario. Para esos bodoques ante cuyos ojos el mundo aparece como una vasta administración, la gloria es un puesto, el genio una función: al morir el titular se abre una sucesión.

—¿Quién va a suceder a Leconte de L'Isle?—preguntan esas gentes.

Y no es en el sillón académico o en la biblioteca del Senado en lo que piensan. Ingenuamente se persuaden de que Leconte de L'Isle ocupaba el puesto y ejercía la función de primer poeta de Francia. ¿Quién es hoy el mejor designado para sucederle en su función y en su puesto?

Esta opinión del vulgo, aunque lleva por casualidad algo de verdad en la especie, es profundamente errónea. Napoleón decía que las mujeres no tienen rango: los poetas no lo tienen tampoco. Ninguno es el primero. Desde que se es en Arte, se es solamente, puesto que en el dominio del espíritu público *ser* consiste en *expresarse*, ¡y como ninguna alma es igual a otra! No se es poeta o artista sino bajo la condición de mostrar a la luz los matices espirituales por los cuales se distingue esencialmente, tanto de la multitud de los pequeños como de la débil minoría de los grandes: por eso, como lo ha muy bien observado M. Paul Bourget, se llega a ser el representante y el jefe de toda una categoría humana, más o menos numerosa, según la naturaleza del pensamiento o del sentimiento a que se da una forma definitiva.

Así, pues, si Víctor Hugo ha llegado a convencer a la muchedumbre de que él era el *primer* poeta de su tiempo es, desde luego, porque afirmándose en los sentimientos e ideas más generales, se aseguró una vasta clientela y, después, porque a sus virtudes líricas agregaba los méritos de un extraordinario *reclamier*. Otros han contado la habilidad que desplegó para fundar y desenvolver su gloria, y el hecho es que en muy poco tiempo llegó al puesto —ilusorio, pero brillante— que él se había señalado como mira.

Parece —como lo es, en efecto— inútil distribuir premios a Hugo, a Lamartine, a Vigny, a Musset, a Gautier, a Baudelaire... Cada uno de ellos es el rey de un dominio que no comparte con nadie.

Si el emperador de la Rusia posee más territorios que el rey de Dinamarca, ninguno es menos majestad que el otro.

Agreguemos que los poetas poco leídos, dado que sean muy realmente poetas, no tienen nada que envidiar a los más populares, si éstos lo han llegado a ser pronto. El consenso universal inmediato no tiene valor en arte, no porque el ideal no sea en efecto seducir al mismo tiempo a *l'élite* más severa, y a la muchedumbre más contentadiza. Pero es, ante todo, lo escogido lo que le conviene tener consigo; y se ha visto raramente que su opinión concuerde con la de la mayoría. Al contrario, los escogidos concluyen siempre, a más o menos largo plazo, por arrastrar a la muchedumbre. ¡Peor para aquéllos a quienes ésta aclama sin consultar mejores pareceres! Como ella se da sin pena alguna, cambia del mismo modo, en tanto que el elegido de los difíciles puede contar con su fidelidad, sus partidarios son tanto más entusiastas cuanto más raros son: su fe artística tiene todo el valor de una verdad que ellos están prestos a demostrar.

Baour Lormiari, a quien sus semejantes prodigaron los títulos más lisonjeros, anduvo desacertado en creerse príncipe de un vasto imperio poético, en tanto que la Kamchatka de Baudelaire se anexa sin cesar nuevas provincias.

En la ciencia ello es de diferente manera.

En poesía es el tono, la cualidad, la esencia del alma del creador, lo que importa ante todo.

Si un poeta no ha dejado sino diez versos perfectos, cada uno de esos diez versos es tan bello, tan *inmortal* como cada uno de los mil versos perfectos que haya dejado otro poeta. Este habrá sido más a menudo, pero no más poeta que aquél.

Un sabio puede ser más sabio que otro.

Una vez alcanzada la elevación bajo la cual se quedan los trabajadores de la obra, los industriales y los imitadores, es permitido adicionar y comparar los elementos de conocimiento y los resultados adquiridos. Un descubrimiento puede tener más importancia que otro.

Un sabio puede ser el primer sabio de su época.

No pretendo deducir de allí que la ciencia sea inferior a la poesía. Además, que eso sería aun una distribución de premios que nadie tiene derecho de hacer, aunque muchos lo hayan intentado; esas como especulaciones insubstanciales no sirven de nada.

Pienso solamente, y repito, que no hay *primero* en poesía.»

Decía, pues, que el error popular, a este respecto, presta a las circunstancias, a la personalidad de Leconte de L'Isle, algo de verdad.

La institución de los poetas laureados en Inglaterra, y de la Academia en Francia, deja, en efecto, comprender que es permitido a los contemporáneos, escoger entre los grandes escritores de su tiempo, de encarnar en ellos el arte literario y de atribuirles derecho de eminencia y prerrogativas. Eso es, sin duda alguna, socialmente necesario para el honor de las letras.

Desde el punto de vista particular, alguno sucederá, pues, a Leconte de L'Isle; alguno ocupará el sillón en que él se sentó después de Víctor Hugo.

Que se me permita precisar la importancia de la elección esperada. Por una vez, la Academia va a ser el centro de las preocupaciones de toda la juventud. Ella conoce, amaba al poeta que vivía en su misma casa. Desde luego, aun para dejar presto de serlo, la juventud es siempre literaria. La palabra poesía no la deja nunca indiferente.

Luego es de poesía, contra la costumbre, de lo que se va a tratar en la Academia.

La situación de Leconte de L'Isle en la historia de la literatura francesa permanecerá de todos modos excepcional.

Ese criollo, venido de Bourbon a París, con reflejos de sol cruel en sus ojos maravillosos, para fijar en versos de una extraña suntuosidad sus visiones de lo bello de ella, y como para gustarlas mejor a la distancia, fué, entre nosotros, el sacerdote augusto del arte sagrado; y de ese modo, él también, el residente de otra edad, como decía de sí mismo Chateaubriand, a quien Leconte de L'Isle merece ser comparado. La indiferencia desdeñosa que tenía por los imbéciles, el horror que él les causaba, el disgusto que le inspiraban las solicitudes de la vida corriente, sobre todo, la naturaleza adjetiva de su genio—a lo Vigny, a lo Goethe, a lo Shakespeare—, todo contribuía a hacer de él como una síntesis de este ser de antaño ya quimérico: el poeta.

Tenía esa doble gracia de la eterna infancia de los sentimientos unida a la majestad del espíritu. Ningún rasgo de sensibilidad ni de puerilidad en su obra vigorosa, a la que los poco observadores acusan de impasibilidad. ¿Impasible? ¡Esculpió el mármol y lo volvió sensible! Pero tenía altos cuidados de pudor y de pureza. Su ensueño es casto, casi ingenuamente, como el ensueño de todos los grandes poetas. Quería «desaparecer, como autor, detrás de sus creaciones». Griego y clásico, tanto por ese procedimiento estético, cuanto por su ideal de belleza.

Esta reserva austera del escritor estaba en perfecta armonía con la actitud del hombre, tranquilo y grave, y que evitaba las ocasiones de ser visto. Pero los que lo han encontrado, no olvidarán aquel noble rostro, aquellos grandes rasgos, esos labios donde la obligación del desprecio había apenas atenuado el instinto de la bondad, aquellos ojos admirables, demasiado luminosos tal vez, y que parecían deslumbrados de su propia claridad.

Era estoico, era pesimista. El orgullo ocultaba en él la ternura. Su desprecio nacía de una comparación fatal entre el ideal constante al cual tendía toda su alma, y las realidades humanas.

Aunque lo haya dicho un ministro ante la tumba de ese poeta, no era el desencanto lo que lo alejaba del bullicio de la muchedumbre. Después de juveniles y breves tentativas, abandonó definitivamente todo deseo de renovación social, para darse sin tregua a su obra, a la realización de la belleza severa y perfecta de que estaba apasionado. En ese grande esfuerzo, y de esa obra maestra en obra maestra, él se desarrolló sin cesar, simplificándose siempre.

Los críticos admiraron en él, muy particularmente sin duda, cómo fué a la vez—simultaneidad rarísima—un bello rimador y un solícito escritor. Los psicólogos le alabaron por haber representado sin falta ninguna ese difícil personaje del poeta, ya fuera de moda, en esta sociedad. Los jóvenes artistas literarios, en fin, recordarán todo lo que el arte de escribir le debe; como él fué por poemas, más que por sus opiniones, un maestro precioso, el jefe de la única escuela que tiene algún porvenir: la escuela de la perfección.

❀

Otros sillones académicos son tan gloriosos como el suyo: el sillón de Renán, por ejemplo, o el de Taine. Pero el sillón de Leconte de L'Isle tiene algo singular: es el sillón de Hugo, es el único—con el cuarenta y uno—que, por derecho de tradición, pertenece a los poetas.

Uno de éstos, en todo caso, y de los raros que justifiquen la existencia de una Academia fundada con el objeto de honrar la literatura.

A propósito de la elección de M. Lavisse, creo oí decir a M. Ludovic Halévy, aprobando que la Academia se hubiese agregado ese erudito: «Es una buenísima adquisición. Se necesitan gentes instruídas en la Academia.»

Quizá se necesitan poetas también.

Sin duda por François Coppée, Sully Prudhomme, José María de Heredia, Paul Bourget, piensan los duques que la poesía tiene mucho lugar ya en la representación oficial de la literatura francesa. ¿Pero no conviene que esa Sociedad reserve, para embaucarla con honores poco dispendiosos, un lugarcito para la poesía que ella encarnece de todos modos?

❀

A falta de un gran poeta, el académico de mañana podría ser un gran jefe de escuela. Leconte de L'Isle fué todo eso junto.

Y todo eso junto lo tenemos aún. Pero...

Paul Verlaine es un gran poeta, es verdad, el maestro más amado de las jóvenes generaciones y el que, en todo el siglo, tal vez, «ha observado más la distancia entre la sensación y la expresión». Su obra es el fiel reflejo de esta época desencantada y deseosa aún, atribulada por remordimientos; testarudo en la esperanza y, a veces, contra el porvenir y el pasado, se refugia o, mejor, se abisma, en la embriaguez olvidadiza que presta un sentido a la aflicción de la hora presente.

Verlaine es también un jefe de escuela. Todos los jóvenes lo imitan antes de haber encontrado su propia vía: preguntad a León Vanier, que los acoge algunas veces, y a Lemerre, que les reprocha olvidar el ribazo del Parnaso.

¡Pero!... La Academia se espanta al solo nombre de Verlaine; resucita viejas leyendas y discute la obra también que ella juzga de anárquica, literariamente, se entiende.

¡Y bien! Emilio Zola es un gran jefe de escuela.

No se trata aquí de preferencias personales, ni de saber si yo ignoro lo que conviene pensar de «el espeso genio de Meudon», como decía Maurice Barrés. Conste, al menos, que el autor de *l'Assommoir* ha estado a la cabeza del movimiento literario más importante que se haya producido después del romanticismo.

Preciso es que haya tenido razón, puesto que, en doctrina literaria, concuerda con la doctrina filosófica de ayer (y aun de hoy un poco) el positivismo, y con teorías estéticas ahora en derrota, pero que nos dejan como testimonio de su paso muchas obras maestras.

Zola es un poeta también. No pienso que sea útil afirmar,

una vez más, que hay poetas en prosa. Zola es eso. Tal visión de París, la segunda, si no tengo mala memoria, de *Une page d'amour*, es uno de esos poemas en prosa que sobrenadarán en el próximo naufragio del montón de toda esta obra artificialmente una, extrañamente compuesta, indiscretamente amplificada. El mérito particular de Zola será, sin duda, que con el más grosero estilo posible, llega a dar algunas veces la impresión de una obra de arte vibrante de vida. Es un mal ejemplo y de un efecto espléndido.

¡Pero...! La Academia arguye y chochea a propósito de Zola, y no quiere darle más de seis, siete, ocho votos, cada vez que viene él a pedirle sus favores.

¿Tendremos largueza mañana?

Las gentes de tacto y de gusto, las gentes que se cuidan de las conveniencias, me responderán que ese no es el caso. Leconte de L'Isle aborrecía el naturalismo y a los naturalistas. ¿No sería insultarle, darle uno de ellos por sucesor?

—Pero, ¿por qué? Forzar a uno de ellos, y al más ilustre a alabar al poeta que les desdeñaba, ¿no sería algo picante? Esas grandes oposiciones, ¿no son uso de la historia en las hermosas épocas? ¿No son también la más preciosa de las enseñanzas?

Sin dejar de admirar el alto porte, la bella actitud del poeta que, durante toda una larga vida, nutrió de contemplación su pensamiento y no descendió a la plaza pública.

«Parmi les histrions et les prostituées.»

Lamento no haya encontrado el secreto de ir hacia la muchedumbre permaneciendo siempre el mismo. El alma de la muchedumbre se engrandece bajo la mirada del que sabe conmoverla en sus profundidades—¡la muchedumbre, cliente de la Biblia y de Shakespeare!—Los escogidos que habían ido a Leconte de L'Isle le hubieran seguido al gesto que él hubiese hecho hacia esa divina multitud.

La naturaleza de su genio no quería el ruido.

Creo que una imponente lección se deduciría muy bien del contraste brillante que daría el sillón académico del gran misterioso, del gran concentrado, del gran artista objetivista, al subjetivista apasionado, desenfrenado, Verlaine; o al expansivo a toda costa, aun a veces a costa del arte—Emilio Zola.

Quizá la verdad y el porvenir pasaran entre la excesiva discreción del primero y la indiscreción de los otros dos. En todo caso, ambos son dignos de sentarse donde él se sentó. Los nombres de ambos, como el suyo, significan el ideal neto y personalísimo. La juventud los elegiría a cara o cruz...

❖

¡Pero...! La Academia está falta de juventud. Podéis apostar, seguramente, que la gloria va a abandonar el sillón de Hugo y de Leconte de L'Isle: se lo apropiará la honrada notoriedad.

Las candidaturas probables ya vistas con buenos ojos, son las de M. M. Henry Houssaye, Stephen Liégard y Jean Aicard.

No tengo nada malo que decir de esos señores.

Henry Houssaye, como se sabe, resultó elegido inmortal. Verlaine está cerca de la muerte y de la inmortalidad. Y Zola, el fuerte cazador, de candidato perpetuo.

Enero, 7-1895.

EL PENSAMIENTO ITALIANO
Teatro, poesía y novela
La «enquête» de Hugo Ojetti
La opinión de los «Chêrmaitre»

PREDOMINA hoy, entre nosotros, lo italiano. El arte italiano reina en Buenos Aires: díganlo si no las dos excelentes compañías dramáticas que tienen como estrellas a Tina di Lorenzo y a la Reiter; la de G. Salvini, que se anuncia; las compañías de ópera italianas, que se suceden; la Tetrazzini, que vuelve a reinar con sus gorjeos; el extraño y funambulesco Frégoli, que acaba de partir.

La idea italiana nos informa: Bonghi escribe en *La Prensa* y Edmundo de Amicis en *La Nación*.

Italia *for ever*! En la *Revue de Deux Mondes*, el vizconde Melchor de Vogüe ha hecho notar recientemente, en su magnífico ensayo sobre Gabriele D'Annunzio —tal como antes hiciera notar el vuelo de las cigüeñas—, cómo se advierte en el mundo un renacimiento de la fuerza del alma latina, iniciado, no en la gloriosa Francia, invadida por los bárbaros, sino en la ilustre Italia maternal.

Il trionfo della Morte se está publicando en la misma revista; en otras se ha traducido también gran parte de las obras del ilustre y joven maestro de Napóles.

De ocasión es, pues, saber la opinión que sobre el pensamiento italiano actual y su porvenir tienen quienes en la península están a la cabeza del mundo intelectual. Así lo ha pensado el escritor ameno y elegante Hugo Ojetti, que, a la manera de Jules Huret en Francia, ha hecho en Italia una *enquête* por demás importante.

Es, en verdad, Ojetti un encantador repórter, o más bien un explorador literario. ¿La causa de su libro? Él se dijo poco más o menos: «En Italia no hay crítica sobre la literatura contemporánea. Juntan los críticos en sus vacuas personalidades las más opuestas profesiones, y ya son soldados, ya abogados, ya empleados, ya periodistas políticos, ya mujeres, ya sacerdotes católicos.» ¿No puede decirse *et pour cause*, lo mismo en nuestra literatura de lengua española? Y seguía pensando Ojetti: «Apenas dos o tres son cultos y sinceros; pero sus voces, por la permanente escisión étnica del todavía vano reino de Italia, no son escuchadas más allá de los límites de su propia región. Los otros pseudo-críticos no saben hablar; hablan sobre todo y sobre todos; y ahora que los curas no están más en boga, gritan— como éstos hacían antes—contra toda obra nueva, el *pulvis es*. No se puede apreciar nuestro actual estado ni porvenir intelectual, ni por los diarios políticos, que son generalmente enemigos de la Gramática, del arte y de las letras, ni por las raras revistas, jóvenes, ignoradas o pasajeras, o viejas, supersticiosas y pedantes; ni por los libros—difíciles de hacerse por la insapia y pobreza de los editores, etc.»

Es un hecho que un movimiento de vida se nota. El público mismo comienza a dejar los libros franceses por los italianos. ¿Cómo hacer ver, hacer observar al público este movimiento, si no hay crítica?

Pues bien; concluyó Ojetti; iré de ciudad en ciudad y de casa en casa, a que los *chêr maitre* me digan lo que piensan al respecto, sea bueno o sea malo; pesimistas y optimistas hablarán con el público claramente y por mi medio.

Esto, dice él, «es casi un principio de socialismo estético. Pero el público sabrá a qué atenerse».

Y fué, en efecto, en viaje de investigación, a las viejas y a las jóvenes autoridades. Pocos nombres valiosos faltaron para su *enquête*, como Rovetta, como un Rapisardi, como Neucioni, como Guerrini.

Y ahora, homeopatizando, como es a propósito para una información de esta clase, comenzaremos con la visita que hizo al gran

GIOSUÉ CARDUCCI

Para verle tuvo que ir a Bolonia, «la Atenas italiana», en donde Carducci *pontifica*. Tiene su casa fuera de la ciudad, entre Porta Mazzini y Porta Santo Stéfano. Casa más que confortable. Libros muchos, muchísimos libros, no siendo pocas las ediciones princeps y obras raras, y siendo mayor joya una *Commedia* de la primera edición de Aldo, regalo de un admirador. Entre retratos de Hugo, Mazzini, Garibaldi, Mario, y un busto del Dante, un largo mechón de cabellos de Goffredo Mameli.

Le vió, y he aquí el extracto de lo que dijo el poeta:

Nos falta una *Storia del risorgimento italiano*, hecha con ciencia y arte, pero sin ostentar erudición. Voy a hacerla. Comenzaré pronto, pronto. Una historia así es necesaria para el pueblo. Haré algo útil. ¡He hecho tantas cosas inútiles! Sin erudición. Será una cosa útil. Y volviéndose al señor Rugarli, que estaba presente:—¿Cree usted que la erudición que tenemos nos sea útil? ¿Para qué? Y siguió hablando sobre lo mismo.

Se habló del *Cristo alla festa de Purim*—publicado en Buenos Aires en *La Nación*—, y recordó la *Giuda* de Petruccelli della Gattina. E hizo un *calembourg*:—Sí, el drama de Bovio, es un *Cristo in puré*. ¿Y de lo que iba a preguntarle Ojetti?

Ni palabra.

Como es sabido, Carducci es consejero comunal y

provincial de Bolonia, ciudad en donde reside desde 1860. Su vida es metódica. Trabaja toda la mañana. A las doce, se traga tres huevos crudos. Lunes, miércoles y viernes, va a dar sus lecciones puntualmente, a las cuatro. Luego pasa a lo de Zanichelli, en donde toma el *Corriere della Sera*. Come a las seis y goza de buen apetito. A las nueve, va otra vez a lo de Zanichelli, a charlar o a jugar al briscolon, o a leer (tres o cuatro veces en los inviernos) Dante u Horacio, y lee admirablemente. Administra muy bien el capital que ha ganado; pero parece que éste no pasa de ochenta mil liras. Tiene tres hijas, todas casadas; Bice, con el señor Bebilacqua, de Livorno; Laura, con el ingeniero Gnacarini, y Liberta—la Titi del *San Guido*—, con el ingeniero Masi.

Me parece que para detalles tienen suficientes ya los admiradores de Carducci. Otro sí: hay que agregar, que no es gran conocedor de la música—*da buon poeta*, dice su *interviewer*—; se quiere hacer el wagnerista, pero en el fondo «si commuove solamente e sinceramente quando ascolta O *signor che dal tetto natio!*»

Ojetti teme que el ambiente, que el *medio* boloñés, entumezca en parte las alas del águila de las *Odas bárbaras* en su vivaz vejez.

Y después de Carducci,

ENRICO PANZACCHI

También en Bolonia, y «el hombre más simpático de su ciudad». Sutil como un crítico, pero entusiasta como un poeta. Charla y discute cortés y convincente. Es el tipo *ideal* de Bolonia la docta.

Le encuentro en la Pinacoteca, de la cual es director, y en donde tiene su cátedra de estética. Su estudio, revuelto en un bello desorden de libros nuevos y viejos, y adornado con dos ricas joyas de Serra, el pintor, dos cabezas de viejo.

Panzacchi es alto, gentil, de cabellos grises, el que viste más elegantemente de todos los escritores boloñeses. Hallóle Ojetti en la Pinacoteca. He aquí la esencia de sus ideas sobre las preguntas del *interviewer*: Separa las literaturas latinas que resultan de la obra semejante de muchos contemporáneos escritores, de las literaturas del Norte, que en el fondo existen solamente por labor de individualidades distintas.

La razón de la decadencia, de la general decadencia de la literatura, del arte, tiene bases económico-sociales.

En Italia, más que en cualquier parte, o, al menos, con mayor sinceridad, se siente lo *nuevo*. «Digo *nuevo*, dice Panzacchi, para no usar el adjetivo *moderno*, que por el abuso ha llegado a ser falso, y a perder casi todo significado.»

No asegura claramente un despertamiento en Italia: ve más bien un deseo y tal vez una conciencia de despertamiento. Es oír trabajar sutil, disperso, profundo, oíble tan solamente para las orejas expertas; pero el trabajo existe, ciertamente, y tiene carácter italiano.

En Italia, con mayor sinceridad que en ninguna parte brilla sobre la producción, de los ingenios, de algún tiempo acá, una vaga luz de misticismo. ¿Reacción? Acción espontánea del alma, fuera de toda razón, de método literario. ¡Quién sabe! Corifeos del movimiento, la Matilde Serao y Antonio Fogazzaro. En Francia ha habido igual movimiento, pero no son sinceros; la sinceridad, la fe, la necesidad absoluta de la fe, son cualidades necesarias. ¿El misticismo de D'Annunzio? Es un misticismo muy afrodisíaco, una necesidad de los sentidos, y de los sentidos más bajos, no una necesidad del alma. No es síntoma de debilidad el misticismo. No hay que confundir el ascetismo con el misticismo. Los amores florecidos de medrigales, o grises de sentimentalismo, han hecho su consumo. Hoy los jóvenes deben buscar la forma de arte. Carducci ha iniciado ese movimiento. Su mérito es todo de la forma. El ha dado a la poesía y hasta a la prosa literaria italiana, una nueva forma: forma noble, digna del pensamiento.

Después Ojetti fué a ver al místico

ANTONIO FOGAZZARO

Seghe di Velo, lugar en donde el escritor tiene su «villa».

«Es así, dijo Fogazzaro; el misticismo es natural, no efecto de reacción.

Miranda aparecía en 1874, cuando todavía el naturalismo, con Zola a la cabeza, no había obtenido tan resonante triunfo que provocasen una reacción. Ahora bien; en *Miranda*, está claro, me parece, la necesidad de lo sobrenatural y de lo sobrehumano. Desde niño, aun por razones de familia, he tenido esas ideas; tengo cincuenta y dos años. Antes leía todos los libros que estaban en la corriente de mi aspiración, muchos libros ingleses: las *Contemplations*, de Víctor Hugo. Después, lentamente, fuera de ciertos libros de filosofía, especialmente ingleses, he concluído por evitar la lectura de libros animados por ideas semejantes a las mías. Ahora leo casi siempre libros de maestros naturalistas; estudio y admiro a Zola con entusiasmo.»

Es Fogazzaro un solitario que se complace en la soledad. Cuando va a Vicenza no habla de arte con nadie. Tiéntale el estudio de los fenómenos de la sugestión, espiritismo, hipnotismo. En cuanto al movimiento neomístico, no cree en la sinceridad de todos los escritores. A Julio Salvadori le juzga, sin embargo, sincero. Y dice: «soy católico rígido, severo, convencido. No concedo a mi fe ni oscilaciones ni dudas. No me hago una religión *para mí*, acepto el cristianismo católico y soy entusiasta. Hay que ver el catolicismo con ojos que alcancen lejos. En Italia ha sido y es siempre pequeño y contrahecho, en su apariencia. Mire en

América la cuestión *Knights of labour*, que primero fué rechazada por el obispo Onebec, y después aceptada por los prelados más rígidos y sabios, con palabras tales, que aquí, en Italia, parecerían imposibles en boca de sacerdotes. ¡Esto conduce a proclamar la máxima de que la iglesia debe secundar los movimientos de la mayoría nacional! Y todavía mírese en Chicago el Congreso de las religiones, donde un príncipe de la iglesia ha entonado, entre los sacerdotes más diferentes, entre bramanes, mahometanos, confucistas, ulemas, una plegaria cristiana, y todos, universalmente, han respondido en coro con voces altísimas. ¿No es éste un sublime espectáculo? Y no es esto sino los casos más próximos, más visibles, más fáciles de recordar. Nosotros, nosotros somos pequeños; nuestros ojos son débiles, nuestras mentes limitadas. Pero el catolicismo es inmenso, y santo, y eterno.»

La cuestión de la patria tocóla el *interviewer* ligeramente. Lo cual hizo declararse liberal a Fogazzaro. Anunció un libro *Piccolo mondo antico*. Concluyó: «Yo soy un socialista católico convencido. La palabra del Cristo es el verbo del socialismo más sano, más recto y también más audaz.»

Por esto no comprendo cómo Matilde Seras haya escrito que la única cosa que le disgusta en la doctrina del Cristo era el socialismo. Pero si es el fundamento del cambio social. Y yo lo sigo aun fuera de la teoría, propagándolo en los libros y realizándolo en lo poco que puedo. El socialismo no matará el arte. El arte no muere. Se modificará, es cierto, pero ganará en sinceridad. Como se hablase de Tolstoi, juzgólo como una mente desequilibrada en gran manera, pero valientísima.

En la villa de Velo, fundada por aquel a quien Fóscolo llama *qualtro comuni* en su epistolario, los dos hombres de letras siguieron conversando.

En Vicenza, cerca de la villa de Fogazzaro, vió Ojetti a

el sabio poeta, o más bien el poeta sabio.

¿Quién no ha quedado encantado si ha recorrido las páginas de *Notte*?

—«Yo no veo, dijo Lioy, ningún despertamiento en nuestra literatura y en nuestro arte. Todo es mediocre. Los atrevidos poetas que un día se figuraban cabalgando insolentemente entre la baja muchedumbre con los ojos fijos en el sol, andan hoy en velocípedo. Es un símbolo. Es el triunfo de la mediocridad. El arte y la literatura, no sólo se modificarán, sino que morirán. Y no será una gran lástima; ni un daño para muchos. Reina hoy en nuestros jóvenes, el alejandrinismo, en forma y en substancia.

El socialismo vencerá. En un libro que tendrá por título *Fuori all' aperto*, y que saldrá pronto, habrá un capítulo sobre el *socialismo animal*, y demostraré cómo entre los animales existe el régimen socialista; hay la más perfecta y continua forma de vida social. En cuanto a los neomísticos, el único sincero es Fogazzaro.» Y un golpe a las *bas-bleu*: —¿Qué piensa usted de nuestras escritoras?

—Pienso que ninguna de ellas es digna de tal nombre, fuera de Matilde Serao. Su número creciente es un síntoma de decadencia; es la mediocridad que conquista el arte y lo sofoca.

Tenían ambos artistas bellos paisajes a la vista, maravillas de hermosura natural, un claro cielo lleno de sol. Lioy hablaba de ciencia y arte.

Septiembre, 2-1895.

GIOVANNI RUFFINI

Génova acaba de inaugurar el busto de Giovanni Ruffini. He aquí un nombre entre nosotros desconocido, el de una personalidad un tanto olvidada; pero que resurge hoy, en su patria, a la glorificación del simulacro. El telégrafo comunicó la noticia a un diario, hablando de «Juan Ruffini, que formó parte del comité de la Joven Italia, y que fué desterrado a Inglaterra». Persona de autoridad me dice: «Sí, realmente, fué un patriota; pero no se distinguió mayormente su patriotismo, ni llevó a cabo hazaña ninguna en tal sentido. La hazaña que él llevó a cabo fué escribir en inglés, como un inglés, un libro que es casi una obra maestra, *Il dottor Antonio*, el cual contiene quizás las más bellas descripciones que existen de la Riviera, del camino de la Cornice, siendo una novela interesantísima. Este y otros libros escribió, todos en inglés, que obtuvieron una inmensa popularidad en Inglaterra y todos los países de lengua inglesa, y que sus compatriotas tuvieron que leer traducidos. No conozco, a lo menos no recuerdo, un caso tan extraordinario como éste. Ruffini fué a Inglaterra ya hombre formado, y creo que sin saber una palabra de inglés.»

En verdad. El caso es excepcional, y tengo para mí que Ruffini hizo obra de maravillar. El único ejemplo que recuerdo—a más de algún heterodoxo español estudiado por Menéndez Pelayo—que pueda compararse, en lo referente a la lengua, con el de Ruffini, es el D. Pascual Gayangos, recientemente fallecido en Londres. El viejo Rosetti, padre del divino poeta de simbólico nombre Dante Gabriel, no sé que llegase a poseer el idioma inglés de tan perfecta manera. En Francia, lo sabía magistralmente Mallarmé, y lo saben, entre otros, Marcel Schwob y Bourget; pero escribirlo literariamente ya es otra cosa, y no pasarán de lo que hacía Merimée, de prodigiosa poliglocia: escribir versos ingleses de amor —cuando se está enamorado de una inglesa.

El busto de Ruffini es de Justicia; pero no han de ver las generaciones en él la representación de un hombre político de este o aquel círculo histórico de su tiempo, ni al mártir que quiere presentarse; su figura modesta se perdería entre tanto hombre de bronce y mármol que puebla las plazas italianas al amparo de la memoria patriótica, desde el caballero de la camisa roja hasta los personajes de tercero y cuarto orden de las épocas agitadas de las revoluciones peninsulares. Aparecerá, sí, en su legítimo valor, el talentoso sensitivo, el novelador de imaginación y de corazón, que realizó en sus obras una tarea de patriotismo si gustáis, pero principalmente de virtud y bondad humanas.

En el palacio de la gloria del pensamiento y del arte, hay una inmensa muchedumbre de elegidos, pero cada cual guarda su propio rango. Habitan allí seres de distintos aspectos y de distintas tallas. Hay emperadores como Shakespeare, como Dante, como Hugo; reyes como Virgilio, como Milton, como Goethe; príncipes como Gautier. Hay colosos, hay enanos, hay bufones, hay locos; criminales y seres cuyo símbolo es un corazón. Pasan por los pavimentos de mármol y de ónix, mantos de púrpura, obscuras y sombrías capas. Tras las columnas se ven pasar pajes ricamente vestidos, que hacen brillar sus puñales de puños de pedrería. Entre la grandeza, la riqueza, el genio tiránico y absoluto, circulan perfumes misteriosos, encantadores, peligrosos, de un raro poder de fábula; os marean, os seducen, os matan. Podéis ascender al cielo; pero también podéis caer en una trampa y perderos para siempre. Descended conmigo al jardín; allá, en lo silencioso de las altas alamedas, por donde discurre un aire benéfico y los sanos árboles aprueban. No lejos está la blanca pila y el cisne gentil en ella. Por allí juegan los niños. Por allí se van a sentar en los bancos solitarios, las viudas enlutadas, a hojear un libro, a sentir como una lejana harpa de melancolía, inclinando a un lado la cabeza, como los pájaros de Dios cuando escuchan. Por allí pasan los hombres buenos, los que trajeron a la tierra algún don de esperanza o de consuelo; amor esencia de fe, música de lo alto, miel de la luna; los que curan las heridas que hacen los malos, sonrientes o suavemente melancólicos, o generosamente heroicos, un poco pastores, un poco niños, un poco curas. Y, por un recodo, a la dulce hora de la tarde, he ahí que veréis aparecer sólo al buen Giovanni Ruffini, que en su tranquila inmortalidad se pasea entre violetas de amor y rosas de patria.

D'Annunzio nos ha contado encantadoramente algo de la persona de Ruffini, cuando le conoció en París en 1873.

«Ruffini tiene el aspecto de un buen padre de familia. Su semblante, abierto y suave, como dicen los que sostienen que el *mundo empeora*, no se encuentra ya en nuestros tiempos. Su fisonomía recuerda los enormes retratos que adornan los salones de las casas patricias; a primera vista diríase que tiene unos sesenta años, y goza pudiendo añadir que parece destinado a despachar otros sesenta. A pesar de su aire pacato, bien se adivina por los movimientos de su semblante y el tono profundo de su voz, que ha llevado una vida agitada por vigorosas pasiones y que ha sufrido grandes dolores.

Como en las páginas del *Doctor Antonio*, así en su semblante, en su acento y en su conversación, hay algo de melancólico. Melancolía templada por tanta benignidad y dulzura, que jamás se descubre lo amargo. Sus mareas y lenguajes son de una sencillez infantil; parece que siempre hemos vivido juntos, y sus miradas y preguntas hacen creer que más bien es él el que ha venido movido por los mismos sentimientos vuestros a conoceros.»

Tal rápido retrato, se compadece perfectamente con el Ruffini que os vendrá a una imaginación después de la lectura de sus amables y fluyentes narraciones. Sus novelas son verdaderamente balsámicas y tienen la particularidad del exacto documento, por mucho que sea el ambiente romántico que en ellas circula. A D'Annunzio mismo, confesaba él la realidad de sus personajes, el ser sus fabulaciones copias directas de la vida, sobre todo la célebre del *Doctor Antonio*. Ya antes, él había repetido eso mismo, insistiendo en ser dicha novela una *verace istoria*.

Giovanni Ruffini nació en Génova el año 1807 y murió en Taggia el 3 de noviembre de 1881, en la villa Eleonora, finca de su propiedad. Sus padres, el abogado Bernardo Ruffini, y Eleonora, hija de la marquesa Carlo, tuvieron cuatro hijos: Ottavio, Jacopo, Giovanni y Agostino. Giovanni, a la edad de siete años, fué enviado por su padre a Taggia, y allí se crió confiado a los cuidados de su tío, canónigo, que se dedicaba más a sus olivares que a su sobrino. Poco acomodaticio a tan ingrata tutela, se fugó el muchacho, y entonces se le colocó de interno en el Reale Collegio di Génova, bajo la dirección de los padres Tomaseos. Luego pasó a la universidad, en donde conoció a Mazzini, que fué su íntimo amigo; con su hermano Jacopo, entró luego a las filas carbonarias.

Mazzini había organizado en Marsella la nueva sociedad La Giovane Italia, en cuyo comité figuraron los hermanos Ruffini, en arrojados intentos revolucionarios. Descubierta la conspiración, Jacopo fué denunciado, y junto con su hermano Attavio, preso. Jacopo se suicidó en la cárcel. Giovanni y Agostino lograron escaparse primero a Francia y después a Inglaterra, en donde se dedicaron a la enseñanza de letras. En 1848 volvieron a la patria y fueron elegidos diputados al Parlamento piamontés. Giovanni Ruffini fué nombrado por Gioberti ministro en Francia, pero no aceptó y devolvió las 9.000 liras que había recibido para gastos de viaje.

Fué una feliz resolución. Desde entonces se dedicó por completo a la vida literaria. Poseyendo el inglés a maravilla, escribía una lengua purísima, a punto de que uno de sus traductores, Acquarone, afirmaba a este respecto: «Si direbbe da noi, da trecentista.» *Lorenzo Benoni* y *Angolo tranquillo sul Giura*, obtuvieron un buen suceso, y le aseguraron un vivir holgado. En París pasó algún tiempo en relación con el mundo de la literatura y del arte; era un piloto admirable en la gran ciudad, según De Amicis, cuando a la sazón le conociera. Murió años después en Taggia, y en 1882, por iniciativa de los estudiantes genoveses, se colocó en el vestíbulo de la universidad una inscripción que dice: «A Giovanni, Jacopo, Agostino, Ruffini—Cuando piú tetra incombea la tirannia—El l'ignavia dei voghi appellavasi pace —con virile intendimento di libertá—La gioventú italiana— Educarono—Alla religione della patria a del vero—Travolti da la via dell'esiglio Giovanni e Agostino—con gli scritti e con l'opere—Tennero alto l'orgoglio del nome italiano—Cui gli stranieri stanchi d'invidiare Onorarono—Jacopo venuto a mano degli oppressori—Suggellava la sua fede di mártire— Col rifluto magnánimo della vita—Perche alla venerazione dei posteri—Non mancasse l'esempio—Di tante cittadìne virtú—Gli studenti del genovese Ateneo ponevano.—1882.»

Pero, ¿queréis saber algo del Doctor Antonio? Tenéis razón.

Se trata de una novela de amor y de patria, aromada de

un optimismo generoso, que para consuelo cierto, se basa en la vida real. La escena primera pasa entre Génova y Niza, en esa deliciosa vía de la Cornice, que no olvidará nunca el viajero que la haya recorrido al amor de los dos divinos azules del mar Mediterráneo y del cielo italiano. Un noble inglés viaja con su hija, que busca su salud en la tierra del sol, y sabido es cómo el país del humo y del *spleen* envía sus cargamentos de cisnes y de rosas anualmente a Italia a proveerse de primavera. Lucy, la más lilial de las misses y en la cual emplea Ruffini todos sus blancos y sus suaves rosados, es la flor de la narración. Un accidente desgraciado en que la joven sufre y la causal intervención de un médico de campaña—el Doctor Antonio—es el origen y principio de la historia romántica y romancesca. El tipo del Doctor Antonio es una de esas creaciones caballerescas y llenas de vida que no abundan hoy, por cierto, en la literatura a la moda, con excepción del sonoro Cyrano, de sublime penacho; un espíritu bravo y puro, impregnado de naturaleza, fuerte y decisivo, soñador no obstante, creyente apasionado en el ídolo de la patria y sensible al roce de una hoja de flor su carnadura de meridional asoleado y martillado para tempestades. Es ciertamente un patriota en el poético sentido de la palabra, un patriota de esos tiempos fulminantes de la Italia de Pío IX, extensamente descrito en tantos volúmenes especiales y contenidos de manera magistral en una página de psicología histórica de Gebhart. Un patriota del país del arte, un tanto lírico en su sinceridad y, por lo tanto, noble y simpático.

Un Doctor Antonio que bien pudiese ser una transmutación del mismo Ruffini. El médico siciliano y la señorita inglesa, más felices que los árboles de los versos de Heine, se encuentran. Pero el idilio de la palmera y del pino no podrá tener su completa realización. Esta simpatía sutil que va haciendo hasta convertirse en amor, ese vínculo espiritual y pasional que une desde luego a la bellísima londinense con el bruno caballero de su Italia, tiene que romperse; ella cae en el matrimonio y él en la política. Pero después de larga ausencia vuélvense a encontrar, y aquella antigua llama revive por un momento, para ser apagada bruscamente por la tristeza y la muerte.

Amor tardíamente confesado, a pesar del fuego contenido y devorante; desilusión de la existencia amorosa, sacrificada a la pasión patriótica.

El Doctor Antonio, prisionero, que rehusa, en la escena final, la libertad de su siempre amada, por abnegada causa; Lucy, o sea Lady Cleveton, que expira, así como se rompería un fino vaso de cristal. El intermedio lo ocupa la parte de historia política, con la información profusa que debía de tener Ruffini, o diversos episodios interesantes, entre ellos el de los amores de Speranza, la muchacha italiana, fresca y dulce y buena como una fruta de su país. Italia aparece siempre en todo el libro con su influencia benigna y dadora de la alegría y del bienestar. Con razón, cuando el padre de Lucy, lord Davenne, ha encontrado, como Aníbal, su capua en la *Hosteria del Mattone*, exclama el autor: «¡Oh, Italia, bella Italia! Tú posees el secreto de amansar y someter todo carácter de hombre, por muy arisco y rebelde que sea. Aquéllos sobre quienes sopla tu tibio aliento, ceden a ti. Muchos han venido a ti con oído y con desconfianza, con la lanza en ristre; pero no bien gustaron la leche suave de tu seno, arrojadas las armas a tierra, te han vencido y llamado madre. Está llena toda la historia de tales conquistas; tierra madre de grandes bellezas y de grandes dolores.»

La cita de este párrafo me lleva a hablar del estilo de Ruffini. No he podido conseguir el original inglés; pero en la versión francesa que conozco, y en las dos italianas que poseo, sobre todo en la de Acquarone, que me parece la mejor, se revela un escritor de raza, elegante, sin pompa, y que supo librarse de la declamación oratoria de su tiempo,

35

sin perder su lirismo nativo, su pasión, y su verbo. Para las citas de la parte política de su historia, se basa en Bonaccorsi y Lumía, Amazi y Gualtero. Sus descripciones son de un pintoresco sugerente y parco, hechas con observación y poesía, sin que falte de cuando en cuando la dulce y misteriosa nota de acuarela propicia al ensueño. Así en la entrada de la novela, en la pintura del santuario, en distintos puntos en que Ruffini se demuestra eximio paisajista y sentidor veraz del encanto natural. Maneja el diálogo con vivacidad, y apenas suele perturbar la agradable sutileza de las escenas, una que otra desertación explicativa que basa la parte que llamaría «civil» del argumento. Mas lo que en realidad nos ase y comueve, es el fuego de los caracteres, el conflicto. Lucy es una hechicera creación de Ruffini, que corresponde en literatura a una de las bellas figuras pictóricas de su semi-compatriota Dante Gabriel Rossetti. Hay un vínculo mental que une claramente a Italia e Inglaterra: los nombres de Shelley, Byron, Rossetti, Ruffini, etcétera, bastarían para atestiguarlo.

MARCO AURELIO SOTO
El ex-Presidente de Honduras, muerto en la guerra de Cuba.

A ser cierta la noticia publicada en *La Nación*, el Presidente de Honduras, Marco Aurelio Soto, ha concluído su vida de manera que no se hubiese pensado nunca.

Vivía en París, rico y tranquilo, después de haber gobernado su pequeño país, en donde contaba con un partido no por cierto insignificante. Era hombre culto; bajó de su Presidencia porque sí, razón que en la América Central priva sobre todas. Se recuerda su Gobierno como una especie de Luis XIV; el Luis XIV de Honduras. Bajo ese Gobierno, las musas, representadas principalmente por un emigrado cubano —poeta famoso, José Joaquín Palma—, fueron tratadas como Reinas. Se decretó la adaptación oficial de la Ortografía de la Real Academia Española, y en el Diccionario de la Lengua, en la lista de los socios honorarios de la ilustre Corporación, que son tan sólo siete, y entre ellos dos testas coronadas, figuran dos centroamericanos, uno de ellos Marco Aurelio Soto. El Doctor Holmberg no podrá negar que aquella ley ortográfica merecía la singular distinción.

Como la mayor parte de los Presidentes de la América Central descienden del Poder cuidadosamente prevenidos para las vicisitudes de la vida, Soto hizo lo mismo. Buenamente descendió de la Presidencia y se fué a la capital preferida de los *rastas*, en donde tuvo el buen gusto de no ser uno de ellos. Antes bien, se dió a sus estudios preferidos;

y, gozando de sus rentas, sin los ruidos de Guzmán Blanco y sus demás imitadores, frecuentaba medios intelectuales y se hacía apreciar por sus buenas dotes. Laurent era su compadre, y Vacquerie era su amigo. En la colonia hispanoamericana era estimado y querido. Creo no equivocarme si afirmo que, con Heredia y Vacquerie, asistió al banquete dado en París en honor del general Mitre. El poeta Palma le administraba en Centro América sus intereses; y a trabajos de su lírico amigo debió que se le desembargasen sus inmuebles en Guatemala, confiscados cuando el Gobierno de Honduras le atacaba con especial firmeza.

Palma es el autor de muchas poesías que tuvieron gran boga en el continente, entre ellas la célebre *Tinieblas del alma*, una de cuyas estrofas fué atribuída a Andrade, quien la había dejado entre sus papeles, copiada de su letra:

Ya la fe en mi ser no arde,
Ni mi lira finge ufana
Los himnos de la mañana,
Los murmurios de la tarde;

Ya a los días
De mis dulces alegrías,
El tiempo cruel les ha echado
El sudario del pasado.

Por eso, en tan triste calma,
Vienen a ser mis canciones
Fugaces exhalaciones
De las tinieblas del alma.

Hermano de Marco Aurelio Soto es también otro poeta, Máximo Soto Hall, que anda tratado por ahí, en un soneto infantil muy conocido en aquellos mundos, y que Salvador Rueda reprodujo en uno de sus libros.

Años pasó el ex Presidente fuera de su país; el general Bogran era su terrible enemigo. Una revolución habría sido peligrosa, sin contar con el apoyo de los Gobiernos vecinos. Se habló, sin embargo, de una revolución; pero ello fué vago rumor, sin razón alguna. Hoy, con el Gobierno de Bonilla, la tentativa habría tenido menos probabilidades de éxito, pues el país, según los ecos que nos llegan, está satisfecho de ese hombre de progreso, de inteligencia y de justa libertad.

¿Cómo pudo abandonar Soto su espléndida casa de París y sus gustos de europeo, para ir a la manigua a pelear por la causa cubana? Sólo un antecedente hay que podría explicarlo.

Muchos cubanos emigrados que tomaron parte importante en la pasada guerra de Cuba, se establecieron en Honduras en tiempos que Soto era Presidente de la República. Entre ellos estaba el hoy jefe de la Junta revolucionaria, Tomás Estrada Palma, a quien el Gobierno hondureño protegió. Asímismo fueron acogidos Roloff, Crombet y otros. Tomás Estrada Palma se casó con una hondureña, y formó, como pedagogo, a casi toda la juventud del país. No hace mucho, Soto hizo un viaje de París a Guatemala. A su paso por Nueva York sufrió el ardoroso contagio que el doctor Veyga y otros americanos distinguidos. Y ha ido a encontrar la muerte gloriosamente. Valdría más, en todo caso, que la noticia no se confirme. Larga y buena vida es de deseársele a quien ayudó noblemente a Augusto de Armas, en su lecho de hospital, en donde murió por París.

22 noviembre 1896.

NOTAS ESPAÑOLAS

I

EL joven poeta americano que vuelve de las corridas de toros, me manifiesta su descontento. Él venía bien pertrechado: Gauthier, Dumas, De Amicis, Barrés. Y su imaginación. Pero bien, le digo, ¿no ha encontrado usted en la Plaza algo de bizantino, algo de romano? ¿No le ha impresionado la muchedumbre, semejante a la de los clásicos circos? ¿Los toreros, de oro y seda, el sol, sobre todo, y la flotante alma de España?

—Sí—me contestó—; todo eso es verdad y lo he sentido. ¡Pero las tripas, señor, las tripas de los caballos!

Confieso que, como al joven poeta, me encantan todos los preliminares de la lidia, y me regocija lo pintoresco y musical del espectáculo; mas protesto en cuanto empieza la fiesta de la sangre y, ante mis amigos españoles aficionados, me pongo en ridículo. En vano he leído a Pascual Millán y al Conde de las Navas; en vano soy amigo de Mariano de Cávia; en vano he visto, no sin poco asombro, el entusiasmo tauromáquico parisién de Laurent Tailhade, que conoce sus clásicos, y que me hablaba en un café de Montmartre, hace ya algunos años, de lances, de Montes, de volapié y de descabello, delante de Gómez Carrillo, que sonreía de mi estupefacción. En vano fuí amigo personal de Ángel Pastor, en Aranjuez. No se compadece conmigo sino la parte decorativa del coso, por lo cual los taurófilos harán bien en compadecerme.

Que todo eso tiene su hermosura especial, ¿quién lo negaría? Muchos grandes artistas y escritores extranjeros son los primeros en reconocerlo. Confieso que, con caballos destrozados y todo, son preferibles los toros, por su estética, siquiera bárbara, a espectáculo en que se hacen pelear gallos pelados, correr por hombres enanos caballos flacos, o deshacerse las mandíbulas y sacarse los ojos a puñazos salvajes cebados y de fenomenales bíceps. En la lidia hay gracia, arte ágil, color, opulencia y elegancia. La música anima la representación, y, en verdad, por el giro de los lances y la variedad de las acritudes y pasos, se diría un «ballet». Un «ballet» sangriento y heroico.

No me da mucho rubor mi desafición a las corridas de toros, cuando sé que, entre ciento, Castelar, por ejemplo, y doña Isabel la Católica, no eran partidarios de estos ejercicios. Y combatientes de ellas, ha habido como el temible D. Gaspar Melchor Jovellanos, que dejó sobre el caso páginas enérgicas y memorables.

Yo he visto cuanto se puede ver en una corrida famosa, dada en honor de los Reyes de Portugal, en 1892, cuando las fiestas del Centenario de Colón, Lagartijo, Caraancha, Guerrita, caballeros en plaza, arte retrospectivo, ¡qué sé yo! Aquello era una fiesta de la más refinada tauromaquia. Admiré lo pintoresco, lo artístico, lo bizarro. Pero siempre me crisparon los nervios, como al poeta americano, las tripas de los caballos inicuamente sacrificados, a pesar de las explicaciones de los inteligentes y conocedores, que me decían ser indispensables esas carnicerías para poner al toro en estado de ser banderilleado y luego muerto por el espada.

Busqué luego una pintura, una descripción de la corrida en todo el parnaso español, y no la encontré, habiendo, como hay, muchos versos sobre toros, como aquéllos que son sabidos de memoria por lo clásicos y repetidos:

Madrid, castillo famoso

Que al rey moro alivia el miedo,
Arde en fiestas en su coso,
Por ser el natal dichoso
De Almenón de Toledo.

✳

Y luego me encontré con la poesía de Manuel Machado,
en que, por fin, se concentraba en bien coloreados paneles la
fiesta nacional. El sutil lírico sevillano que ha hecho cosas
tan finas y delicadas, es un gran aficionado al arte de los
beluarios de coleta; y quien haya visto alguna vez una
corrida de toros, hallará en esos versos el trasunto de sus
impresiones, momento por momento. Machado dedica su
poema rápido «al maestro Antonio Fuentes». A todo señor,
todo honor. Hénos ya en el principio de la corrida:

Una nota de clarín
desgarrada,
penetrante,
rompe el aire con vibrante
puñalada...
Ronco toque de timbal.

Salta el toro
en la arena.
Bufa, ruge...
Roto cruje
un capote de percal...

Acomete
rebramando, arrollando
a caballo y caballero...
Da principio
el primero
espectáculo español.

La hermosa fiesta bravía
de terror y de alegría
de este viejo pueblo fiero...
¡Oro, seda, sangre y sol!

Es el extracto lírico de un capítulo de Gautier y la reproducción exacta de los primeros momentos. Solamente que pudo consagrar algún oro, raso y músicas, para la salida de la cuadrilla, con el arcaico alguacilillo caballero, que es de lo más típico y pintoresco de la función. Luego vienen los juegos de destreza y de peligro en que vencen la arrogancia y arte de los lidiadores.

II

En los vuelos de capote
con el toro que va y viene
juega, al estilo andaluz,
en una clásica suerte
complicada con la muerte
y chorreada de luz...

Elegante
y valiente;
y con una seriedad
conveniente,
va burlando
la feroz acometida
y jugando
con la vida
ágilmente.
(Véase Fuentes
lanceando.)

Y llegan los picadores, pesados, cargados de plomo, en sus flacos rocinantes mártires, con sus largos picos, a sufrir

44

el embate de la bestia fiera, para cansarla, para prepararla a las suertes subsiguientes.

III

Un montón
de correas y de astillas
y de carne palpitante
y sangrante...
Un fracaso de costillas
con estruendo...
Correajes perforados
y hebillajes
destrozados...
Sangre en tierra...
Polvo, un grito. ¡Una ovación!

Y la paz en un charco
de sangre mala y negra,
y aquellos dientes fríos y amarillos...
Un azadón, un esportón de tierra,
y aquel montón de arreos
que, como cosa muerta,
junto del jaco muerto
están sobre la arena.

Después son las banderillas, esa suerte, quizá la más dificultosa del toreo, para la cual se diría precisas las aladas taloneras de Mercurio. Machado describe en cuatro rasgos la agilidad, la esbeltez, la seguridad del torero en el asombroso trabajo.

IV

Ágil, solo, alegre,

sin perder la línea,
—sin más que la gracia
contra de la ira—
andando,
marcando,
ritmando
un viaje especial de esbeltez y osadía,
llega, cuadra, para,
—los brazos alzando—
y allá, por encima
de las astas, que buscan el pecho,
las dos banderillas,
milagrosamente
clavando... se esquiva,
ágil, solo, alegre,
¡sin perder la línea!

El conocedor verá en estos croquis rítmicos la exactitud.
Después de que el toro ha sido fatigado por los caballos y
por los banderilleros, viene la muerte, que es indudable es lo
más emocionante de la corrida.

V

Veinte mil corazones
laten en un silencio
claro y caliente. Brindis.
Suenan con golpe seco
las banderillas mustias
en el lomo del toro, ya su cuello
la roja sangre tibia
hace un foulard soberbio.

De un lado, por debajo
del rojo trapo en que su furia engríe,

el toro surge, alzando
remolinos de arena,
de otro lado sonríe una cara morena.

O bien en los tres tiempos
del pase natural, tendiendo el brazo
guarnecido de oro,
la clásica elegancia
con seriedad ejerce y arrogancia.

¡Fué, pudo ser! Los alamares de oro
rozaron con el asta ensangrentada.
En la arena tendido yace el toro,
y de pie, sonriendo, está el espada.
Veinte mil voces—una—gritan locas.

Mas ello es en el caso en que la fiera resulta en absoluto vencida por el arte del hombre. Hay otro momento terrible en el que el hombre es el vencido y la fiera la vencedora, cuando por un descuido o un error, o una fatalidad, se produce la cogida. Entonces:

Su inesperada acometida ha hecho del elegante paso
un revuelo confuso... Y allá, junto
a la barrera, enfrente,
se ven rostros de espanto.

Y entre manchas de grana,
y reflejos metálicos,
el toro, revolviéndose,
alza en los cuernos un pelele trágico.

Luego será el arrastre de la res muerta y el final del espectáculo, de la fiesta exclusivamente nacional.

VI

Y suena esa divina musiquilla
de «La Giralda», que es toda Sevilla,
y es torera y graciosa y animada,
y habla de la mujer enamorada
que nos espera... Y nombra
naranjos y azahares,
y la caña olorosa,
y una alegría rítmica en cantares,
y una tristeza vaga y lujuriosa...

Los látigos chasquean,
agitan las mulillas
en su carrera locas campanillas,
y mientras que se orean
las frentes sudorosas
y en el pecho golpean
los corazones, suena
la música, torera y sevillana,
y, dejando en la arena
un surco negro y grana,
pasa arrastrado el toro...
Lleva en el fuerte cuerno
un hilillo de oro.

Después, como de un tajo,
la música, la luz y la algazara
cesan en un momento
contra compás... De un golpe el movimiento
se desvanece y pasa.

VII

El gran suspiro, que es la tarde, crece
como de un pecho inmenso. Palidece
el sol. Y terminada

la fiesta de oro y rojo, a la mirada
queda solo... un eco
de amarillo seco
y sangre cuajada.

Tal es el poemita sobre el cual Ricardo Marín, un dibujante que se diría hermano menor de Daniel Urrabieta Vierge, ha trazado bizarras ilustraciones, creando a su vez como otro poema gráfico de tauromaquia.

Hay quienes se sienten desolados, en la creencia de que las corridas de toros van en decadencia y en vías de llegar a su completa desaparición. Es un error. No puede negarse que no tienen hoy el esplendor de antaño; que las mantillas se han ido sustituyendo poco a poco por los sombreros de París; que el torero se mundaniza, a punto de que el Sr. Mazzantini, Don Luis, como se le llama generalmente, es un personaje, «un monsieur decoré», que ejerce gravemente sus funciones municipales en la villa y corte; que «Bombita», D. Ricardo Torres, es un joven gentleman que se viste a la londinense, muy peripuesto, muy «smart», y que, aunque no los lea, sus amigos son D. Benito Pérez Galdós y otros cuantos autores. La leyenda del torero de antaño, rumboso y amigo de juergas, la leyenda o la realidad, ha concluído. Los toreros de ahora tienen la preocupación de la seriedad, cobran puntualmente sus seis mil pesetas por corrida, y levantan polvaredas como la de hace poco, cuando resolvieron, de común acuerdo, no torear sino por más altos precios los toros de la famosa ganadería de Miura, por ser éstos temibles animales en extremo peligrosos. La afición lanzó el grito al cielo, diciendo que jamás los espadas de antes, los Lagartijo, los Frascuelo, los Guerrita, hubieran hecho semejante cosa. El asunto se arregló felizmente para todos, y en la reciente corrida de la Prensa, los toreros estoquearon cornúpetos miureños sin ninguna desastrosa consecuencia.

De todos modos, me complace que España guarde su deporte nacional, que es tan de su pueblo y que forma parte de su histórico caballeresco espíritu, y me complace más que, un país como la República Argentina, no admita la fiesta de la sangre, como que haga extensiva su prohibición al odioso, feo y despreciable box.

UNA CARTA DE RACHILDE

Madame Rachilde, la rara de mis *Raros*, me ha dirigido una carta, en la cual algunos párrafos me incitan a los presentes comentarios.

Rachilde ha conocido mi juicio sobre su complicada personalidad; y en el capítulo que a ella concierne en el libro, una parte hay que la ha hecho escribir la más femeninamente espiritual de las protestas.

Por de pronto, se refiere a su *rareza*. «No soy tan rara —dice—, puesto que no soy sino una mujer.» «Hablo como siento, escribo como pienso, y como lo hago sin ningún artificio, lo hago todo muy mal.» Llegáis a la gruta mágica; os extrañáis delante de los misteriosos ojos de la sibila; Deifobe os contesta con una sencillez encantadora: «Hablo como siento, vaticino lo que pienso; y como todo lo hago sin ningún artificio, lo hago todo muy mal.»

❧

«No soy sino una mujer.» Desde luego no pretenderé acentuar mi incesante asombro delante del prodigioso y divino monstruo. Una mujer: no sé mayores abismos que sus ojos. Cuando Mæterlink se pierde en la encantada selva femenina en busca de prodigios, los encuentra y hace meditar y temblar con sus hallazgos. Parece que la serpiente hubiese sabido por qué dirigirse a la mujer en el caso de la manzana. El diablo espiaría en el momento en que Dios modelaba la costilla: vería la perfección estatuaria, el triunfo de la forma, el nacimiento de la gracia principal. Al lado de la arcilla vió la parte de alma destinada al cuerpo en flor y se robó un poco. De ahí quizá que la mujer tenga una alma incompleta. De cuando en cuando el diablo pone en algunos seres femeninos algo de ese ahorro de alma que posee: las mujeres favorecidas con ese don, resultan con alma satanizada; esas son las mujeres inteligentes, es decir, las que salen de su nivel natural. Cuando la Iglesia discutía en sus Concilios la espiritualidad de esa maravillosa rosa, andaba fuera de razón. Sí, ella tiene un espíritu, un sutilísimo y enigmático espíritu, hilo con que teje Satanás, según los demonólogos, la red en que con mayor frecuencia caza las humanas moscas. Ellas son, sobre todo, dueñas del imperio de la carne. Las raras aparecen como con un nimbo interior: son Hildegarda, o Rosvitha, o Santa Teresa, o Rachilde. El resto de las mujeres que han elevado algunas líneas su mentalidad, pertenecen a las clasificaciones de una señora María Cheliga, que ha tenido a bien, no hace mucho tiempo, formar una magnífica colección de medias azules para la revista de Larausse.

«Pero algo hay que quiero haceros notar; y es cómo habéis podido afirmar, que por haberme casado, yo, Madame Alfred Vallette, *Rachilde*, me haya vuelto muy fea.»

Mais, non, Madame! Las palabras a que os referís en mi libro son las siguientes: «Sé de quien estando en París, no quiso ser presentado a Rachilde por no perder una ilusión más. Rachilde es hoy madame Alfred Vallette, ha engordado un poco, no es la subyugadora enigmática del retrato de veinticinco años, aquella adorable y temible ahijada de Lilith.»

Excusadme. Yo no sé por qué, la palabra matrimonio, suena a mis oídos exactamente como *embonpoint*.

La epístola de San Pablo o el contrato judicial corrije la gracia en cuyo fondo hay siempre un grano de perversidad.

Un viejo poeta español, si no me equivoco, el arcipreste de Hita, escribió este verso abominable:

«Señora doña Venus, mujer de don Amor»

en el cual la reina divina queda peor que «con pantalones» en el verso de Hugo. Mas de calcularos una robustez discreta, a calificaros de *tres laide,* hay un abismo. Los lectores de *La Nación* pueden ver, por vuestro retrato, si no tendré, únicamente para vos, señora, todas las rosas de galantería que cultivaron tan bien nuestros abuelos los hidalgos.

Monsieur l'auteur espagnol, vous êtes un impertinent. Libre quedo de vuestros reproches, y haciendo mi reverencia, prosigo:

«Os emplazo para cuando vengais a París, os hagais presente en el *Mercure de France,* para demostraros cómo cuando una mujer no es *bête*—lo que me parece es mi caso—tiene suficiente *esprit* para, aun envejeciendo, no llegar a ser *affreuse.*

Y como mi señor marido me ama mucho todavía, supongo que debo estar un poco pasable.»

¡Ah, señora, os lo creo! Hay una edad—la belleza inteligente es de las diosas y los inmortales no tienen edad—hay una edad en que el triunfo femenino muestra su supremo encanto; es la edad que sigue a la primera primavera: esa es la edad de las emperatrices. Confieso que vos sois aún la temible ahijada de Lilith, sobre un trono irresistible

«Je vous serre les deux mains, mais je boude!»

Y yo, señora, con el permiso de vuestro señor marido, os las beso ambas, en la inclinación más reverente que puede hacer un poeta americano de sangre española.

53

14-1-1897.

NOCHES DEL VICTORIA
Temporada Vitaliani
«La Signora delle Camelie»

I

La señorita Alfonsina Duplessis, que ganó la inmortalidad por el amor, será siempre la bienvenida. Nuestros biznietos oirán todavía, arrullada por los organillos, las quejas italianas de la pobre *Traviata*. Jules Bois, que recientemente ha escrito una monografía sobre la real Dama de las Camelias, dice de ella con justicia que está fija «en ce paradis de sants de la Volupté, ce paradis dont le Christ est exclu, mais où touts les dieux de l'Olimpe demeurent». Es esa la recompensa de las almas de amor. Las vírgenes cuerdas, desde los balcones del paraíso del Buen Dios, se asoman a mirar, con una curiosidad no exenta de envidia, el paraíso en donde son admitidas las vírgenes locas. Allí pasa entre sus innumerables compañeras, la heroína de Dumas, en la mano una de sus flores preferidas, que han adquirido, por otra parte, a causa de su recuerdo, un renombre no muy angelical, a punto de que se murmura de ellas en el círculo de las nobles rosas y de las honradas violetas.

Esa monografía de que he hablado, basada en auténticos documentos e indagaciones, no es para ser leída por aquéllos que desean conservar su aureola de idealidad a la encantadora y sentimental cortesana.

Perderían una ilusión. La Dama de las Camelias fué una vendedora de gracias, ni menos banal, ni menos seca de intelecto, ni menos mujer, en fin, que la totalidad de sus iguales. Era, exactamente, un ejemplar de esas alegres parisienses que han podido observar quiénes se les han acercado—las Emilienne d'Alençon o Marion Delorme, procedentes del campo, del arroyo, de no se sabe dónde, favorecidas por la fortuna, comedoras de oro, polutas desde la infancia, más o menos histéricas, caprichosas, infantiles, *bête*, hasta que llega la muerte a rematarles lo que dejan, si es que dejan algo, o a tenderlas en un lecho de hospital, que es lo más frecuente.

He aquí lo que se sabe de sus comienzos, según Bois, que ha estudiado su vida y posee de ella cartas y hasta cabellos: Casi al nacer perdió a su madre. Su padre fué un tal Martín, brujo y *colporteur*, hijo de una mendiga y de un cura, el cual le dió las primeras lecciones de perdición cuando apenas tenía doce años. Después penetró abiertamente en la comunidad de las grisetas, y se estrenó gastándole en pocos días cinco mil francos al dueño de un restaurant. Llegaron otros y otros. Como toda viciosa de su especie, era apasionada por el juego, y derrochaba el dinero loca y estúpidamente. Cada quince días cambiaba de poseedor. Se puso de moda, y los aficionados de su época le hacían estupendos regalos para conquistarla. Uno de ellos le envió un día un cesto con doce naranjas, cada naranja envuelta en un billete de a mil francos. Ella exprimió las naranjas y los bolsillos del que se las obsequiara. Se divertía. El amante romántico de la novela y de la comedia, existió y gastó por ella una buena fortuna. Ella pudo ser que le amara; el caso es que—¡oh! vosotros que gustáis del encanto romancesco— se casó con él en Londres, ante un *clergyman* y dos testigos. Lo que no obstó para que pasada la luna de miel, el esposo resultase acteonizado. Tuvo ella en seguida una cantidad fabulosa de admiradores satisfechos, entre los cuales «un barón tristemente célebre, un pianista ilustre, generoso como un boyardo, un «maquignon» y un poeta». Era frívola, coqueta, mentirosa. Decía: «La mentira emblanquece los dientes.» Se hizo conducir, ya casi en vísperas de su muerte, al Palacio Royal, para ver el estreno de *Pommes de terre malades*. Murió: en sus manos de difunta había un ramo de camelias y un crucifijo. He allí la realidad. Después, la leyenda romántica la envolvió en un bello velo de sentimiento.

A su tumba, como a la de Heloisa, vánse a depositar, por manos ignoradas, flores; *cocotte* tocada de histeria, tiene sus horas en que sueña ser Margarita Gauthier. He conocido un joven artista obsedido por una de la especie que bebía vinagre, hablaba del «rinconcito florido en su pueblo de campaña» y sorbía sangre de un pollo para manifestarse perfectamente tísica. Su ideal era ser una segunda Dama de las Camelias. Entre Dumas y Verdi, la camelina, ese curioso alcaloide, adquirió una boga insólita. María Alfonsina Duplessis estaba destinada a encarnar ese tipo femenino compuesto de sensualidad, inconsciencia moral, ligereza mental, crueldad instintiva, nervios y faltas de ortografía. Sus cartas revelan una vulgaridad inaudita. No se puede saber bien si hay allí algo que tenga origen cordial, entre efusiones deplorables y sentimentalismos de ocasión.

Su figura era encantadora, si es fiel el aguafuerte de Los Ríos, *d'après* Besnard: una carita de niña, ojos de inocencia voluptuosa, *bandeaux* que cubren las orejas, boca diminuta y mano inquietante y fina.

Ahora, si en su aspecto legendario es una de las más lindas y amables sacerdotisas del pecado; si nos recuerda viejas emociones, vibraciones apasionadas de los años de juventud, y nos trae como corolario la afirmación del sentimiento; si nos habla por voz de admirables artistas, que nos hacen el bien de conmovernos y dorarnos la realidad con una luz de poesía, bien venida Margarita Gauthier —Sarah Duse, Reiter, Tina o Vitaliani—, que nos resucita el amor en estos momentos en que ya no se ama.

Sea bien venida hoy, por esta imperiosa Vitaliani, que nos ha demostrado anoche que, si el estilo escriptural es el hombre, el estilo «teatral» es la mujer. No hay que hacer comparaciones, sino que señalar el hecho; la *Dama de las Camelias* de la Vitaliani, es de la Vitaliani; como la *Dama de las Camelias* de Sarah, es de Sarah.

He allí una lira viva, esta italiana vibrante de arte, cálida, llena de un irresistible poderío espiritual.

Ella da a la idea su carne y su sangre; esculpe su gesto, armoniza su voz en una magistral orquestación pasional, y con sus ojos de «dea» ilumina todas las fases del pensamiento por un poder extraordinario. Esta actriz intelectual ha pasado «por la Sede del Arte Severo y del Silencio»; su llegada no ha sido anunciada con clarines de bronce y sonoros tambores de fama. Ella se presenta; ella triunfa.

Margarita Gauthier volvió a vernos anoche. Una Margarita Gauthier que nos rememoró la historia sentimental de sus famosas flores, de su pasión, de su sacrificio y de su muerte, de un modo nuevo, impresionando y conmoviendo como solamente es dado hacerlo a las emperatrices de la escena.

Al sentir ese soplo de vitalidad artística, al sufrir ese al mismo tiempo delicioso y doloroso choque de divina electricidad que produce el talento de una artista semejante, en obras como la que anoche obtuvo tan merecida victoria, se experimenta algo semejante al efecto saludable de una gimnasia del alma. Y da deseos de decir a los espíritus que aún sueñan y creen en el amor: «Aquella María Alfonsina Duplessis, cuyos cabellos guarda Jules Bois, poeta y mago, no es la verdadera, no ha existido.» La única que ha vivido y ha amado es ésta, la Margarita de anoche. Ella era así, pálida y dulce, nerviosa, caprichosa y amorosa de amor; murió de muerte, a fuego de pasión; siendo una infeliz cortesana, tenía el alma de una santa doncella; bienaventurada sea en el paraíso de las Magdalenas, en donde sus camelias, por la misericordia de la barba blanca del Buen Dios, se le convertirán en un luminoso ramo de lirios. Esa es la verdadera y la única. La otra, que se dice real, y cuya vida está hoy estudiada y conocida por indagaciones y documentos, es una impostora. La que recibe en el cementerio las flores de los fieles anónimos que visitan su sepultura, es la buena y la mártir. «¡Guardad su recuerdo y quemadle vuestro mejor perfume!»

Los artistas que acompañaron anoche a Italia Vitaliani en su nueva conquista del público de Buenos Aires, merecen un justo aplauso, sobre todo Duse, que acentúa más sus ya reconocidos méritos; pero habrá que señalar especialmente a ese bravísimo De Sanctis, que tuvo instantes magistrales, como en el final de los actos tercero y cuarto.

20 de junio de 1896.

Temporada Vitaliani
1.-«Il viaggio dei Berluron»
2.-Reprise de «La Signora delle Camelie»

II

UNO de los grandes sucesos de los teatros de Francia e Italia, y repetido por 312 noches seguidas en el teatro Des Varietés, en París, así rezaba el cartel.

Autores, Ordenneau y Grenet Dancourt. Y la gente, como cuando le nombran un vino que no conoce, haciendo resonar la etiqueta, juzga que debe de ser excelentísimo: «Ordenneau y Grenet Dancourt». ¡312 noches en el teatro Des Varietés, en París! Admirable. «Chateau Ordenneau y Grenet Dancourt.» ¡Qué bouquet...!

Y sirven, señor, en italiano, un estupendo engendro, relleno de gracias de vaudeville, de chistes de grueso cedazo; de una sal pesada, imposible y que indudablemente se quería disculpar con la inexcusable «gaité gauloise». Sí, es esa «gaité gauloise» que ha constituído una de las desventuras del exquisito poeta llamado Armand Silvestre.

Es la bufonería de anchas bragas, que le pagan a tanto por ciento al creador de Laripette y compañía. Un cuento a lo Laripette, más o menos bien urdido y puesto en el pentágrama escénico, para que lo griten y mimen unos cuantos actores de buena voluntad: he ahí la famosa pieza de anoche, abonada en el Victoria por 312 noches seguidas del teatro Des Varietés, de París. Y que si es soportable en francés por claras razones, se hace absolutamente abominable en una traducción.

Y la Vitaliani descendió a representar un grosero tipo de sainete, un papel a todas luces indigno de su talento; ¡así las continuas elevaciones de sus ojos lo hayan querido salvar...!

Y otros tantos buenos elementos de la compañía se han caricaturado para la función de risa, con un éxito claramente satisfactorio.

Fueron aplaudidos, sí. Fueron aplaudidos el jovial abdomen de Bracci, las payasadas de Rodolfi, los sacrificios de ingenio que el discretísimo Falconi se vió constreñido a ejecutar.

Toda la comparsa de títeres secundarios estuvo también digna de tal aprobación.

Lazzi, ocurrencias, divagaciones y chispas dialogales, cosas de uso en las comedias cultas; todo ello fué de una chatina incomparable.

Querer exponer el argumento y entrar en detalles, sería no guardar las consideraciones intelectuales debidas a mis lectores.

En cambio, hablemos de la reprise de la *Dama de las Camelias,* que logró un éxito fundado y del cual tienen que estar satisfechos los actores.

Es a todas luces, claro el contraste entre este trabajo de fina escena y la obra de corteza áspera que anteriormente se ha ofrecido al público.

Se ha vuelto a comprobar la distinción artística de Vitaliani, cuyo cordaje nervioso, cuya alma de elección, cuyos recursos plásticos, cuya vitalidad pausante y sensitiva, la señalan como a una eximia y prestigiosa intérprete de la creación teatral.

Se ha advertido en esta vez mayores fuerzas en ella, unidas a mayores gracias. Ha ejercido su dominio con más imperial grandeza artística que otras veces; ha sabido sollozar mejor, hablar mejor, gemir mejor, ser mujer mejor.

¡Lira de los veinte años! Anoche ha vibrado para muchos, en la renovación de muchos sueños, la resurrección de horas supremas, el retoño de tiempos pasados; la *Dama de las Camelias* hizo verter unas cuantas lágrimas a los nerviosos y conmovibles oyentes.

¿Qué escena señalar? Señalaré la de la llegada del padre de Armando, la conversación con él y el sacrificio de la pobre Margarita.

Y, a propósito, recordaremos una cuestión suscitada por Teodoro de Bauville en una de sus maravillosas cartas quiméricas: la entrada del señor Duval, padre, a la casa de Margarita Gauthier con el sombrero puesto. El divino poeta no podía admitir que un caballero francés cometiese tal falta de cultura, así penetrase lleno de todos los rencores posibles en casa de la última mujer perdida. El problema es para ser discutido y aprovechado en la sección de «Vida Social».

El momento en que Vitaliani, Margarita, se despide del viejo M. Duval, fué de aquéllos que dejan una impresión imborrable. Fué momento de actriz absoluta. En el acto último, según impresión general—la cual corrobora el juicio de esta crítica—Vitaliani murió mejor que nunca: es decir, que su realismo y su traducción del instante mortal fueron decisivos en la admiración de la sala.

Muy celebrado De Sanctis, como en la primera vez, y el resto de la compañía, plausible siempre.

El público demostró su satisfacción con llamadas repetidas y aplausos calurosos.

Y para que fuese mayor el triunfo, la inevitable estupidez humana hizo acto de presencia con el más sonoro eco que pudiera brotar de la cabeza de Bottom: un silbido asnal.

Al escucharlo, Vitaliani sonrió, y recordé entonces el *Dieu te benisse...* que oyó Groussac de labios de la gran Sarah, con motivo de un estornudo.

Pero el estornudo es involuntario y la bestialidad consciente, ¡oh, pueblo soberano!

R. D.

23 junio 1896.

Temporada Vitaliani
Estreno: «La figlia di Jefte», por Felice Cavalloti.—«Niobe», por los hermanos Henry y C. A. Paulton

III

UNA nueva compañía italiana que se da a conocer en Buenos Aires bajo la agradable protección de ese armonioso y sonoro nombre: Italia Vitaliani.

La fama había anunciado ya a la actriz recién llegada, aunque no con las trompetas que avisan el paso de la Duse, y aun de la preciosa Tina di Lorenzo. El estreno de anoche ha demostrado a través de los inconvenientes de una obra cual la elegida, que la Vitaliani es algo más que lo que se califica con el fácil adjetivo de «discreto». Ya en el principio, en la representación de la delicada pieza de Cavalloti, logró manifestar que hay en ella cualidades que, si no se imponen de luego, se hacen notar favorablemente.

Que Italia, tierra de la antigua farsa, es país de comediantes, es cosa bien sabida desde que Cyrano de Bergerac señaló el don en cada italiano. Si le faltan autores, actores le sobran. De la *Mandrágora*, de Maquiavelo, a las tentativas modernas de Praga, cuán poca cosa si se compara con el acervo escénico de las otras grandes naciones; pero, sin ir muy lejos, de Gustavo Modena a Novelli, ¡qué hermosa sucesión de intérpretes artísticos! La gloria de las actrices italianas no palidece delante de ninguna extraña gloria, y bien pueden nombrarse después de Rachel y Sarah, a la Ristori y a la Duse.

Hemos visto ya cómo se levanta la bella Tina, y cómo Virginia Reiter, en su espléndido otoño, encanta y atrae y se coloca en un alto lugar.

Los cómicos italianos son los más cosmopolitas del mundo en la elección de sus obras. Ellos dan a conocer tanto lo escandinavo de moda como lo francés olvidado o lo alemán recientísimo. Ellos se atreven a obras que en París mismo son dadas en teatros especiales, y para auditorios restringidos y selectos; y presentan valientemente a Ibsen o a Mæterlink ante públicos que están demasiado satisfechos con los repertorios fáciles de comprender, y poco afectos a novedades abstrusas que no vienen bien para las tranquilas digestiones. Compréndese que la compañía de la Vitaliani, en vez de estrenarse con la *Anabella*, de Ford, por ejemplo, nos haya dado la *Niobe*, de los Paulton.

La *Niobe* ha hecho reir; ha dado ocasión a que la graciosa Italia, en su peplo griego, haya mostrado personales riquezas y haya declamado de manera que se le aplaudió sus grotescos endecasílabos.

Pero hay quienes hubieran preferido reir menos y tener alguna más de alto arte. Después de la delicada obrita de Cavalloti, habrían deseado algo distinto a ese parto del humor británico, *Niobe*.

Es ella una obra para las grandes risas de un grueso público; una obra por un lado comparable a *Orphée aux enfers*, sin música, y por otro, a las pantomimas de los circos. Los hermanos Paulton fabricaron esa cosa con absoluta comprensión del reinante gusto actual; el *Strand* se llenó en Londres más de seiscientas veces; los yankees se deleitaron con la estupenda *machine*; los alemanes la aplaudieron en su Lessings Theater, y cuando los públicos latinos la conocieron, se desencuadernaron a carcajadas.

Ciertamente, en el país de los *scholars* no podía faltar aún en tan inepta creación como esta, el muestrario clásico. De cuando en cuando Footit rememora a Sófocles, en versos griegos. Y míster Peter Dunn, hombre de seguros, conoce perfectamente la fábula de Anfión.

Por el ansia de lo extranjero han ido a buscar al escueto teatro inglés contemporáneo bufonerías como esta y la famosa *Charley's aunt*, con que no hace mucho tiempo hizo desternillarse a nuestro público el hábil Seigheb.

Es indudable que, una nueva manera de hacer reir, no dejará de ser solicitada.

El eterno asunto de los *cocus* y las eternas suegras en berlina; los fáciles intríngulis sobre manera repetidos; las rebarajadas escenas de las siempre usadas comedias, debían ser reemplazadas, y el reemplazante ha sido el payaso, que suaviza sus gracias y quita su colorete al pasar de la pista a las tablas. Pero Mr. Dunn, no podía negar, por más que quisiese, su parentesco estrecho con el perilustre Tony. He aquí lo que hoy sucede en la Gran Bretaña a la *feerie* del gran Will: los inventos exportables y productivos de los Brandom Thomas, Paulton y Compañía.

El argumento de la obra es ya conocido de los lectores de *La Nación*. Sin diálogo, y al son de una música más o menos sugestiva, sería la obra una agradable pantomima.

Han dado los actores que en esta comedia se han presentado, muestra de innegable talento, pues se esforzaron por contener la clownería en momentos en que lo bufo llegaba al colmo.

Niobe, por otra parte, no ofreció toda la beldad que cuentan la leyenda y los carteles.

De lamentar es que se haya elegido para obra de estreno, en Buenos Aires, la pieza de que nos ocupamos.

Se ha reído, ciertamente. Pudiera ser que si no los

seiscientos llenos del Strand, alcanzase unos cuantos el Victoria. Pero no juzgamos a propósito para la presentación de una artista que se tiene como tal, en grado más que común, una producción en que el arte no aparece, y la alteza estética está substituída por la burda fabricación de productivos enredos, cuya *ficelle*, por lo gastada, llega a causar impresión de novedad. ¡Ese sueño de Dunn, Dios mío! ¡Y esas reminiscencias de Bellanis y de Mark Twain, cuando la ridícula Niobe mira con sus ojos antiguos las cosas modernas!

Un tiempo se acostumbraba, después de los tres o cuatro actos de la obra seria de la noche, el acto del sainete en que el buen público reía después de las emociones anteriores. Anoche se vió trocado todo esto.

El fino acto de Cavalloti dió una ligera sensación artística, y el sainetón inglés vino luego, con sus tres actos.

Pero Niobe está de moda: y eso basta.

13 junio, 1896.

ESAS REPÚBLICAS
José María Mayorga Rivas.
Una víctima de la guerra entre Nicaragua y Honduras

Un pobre joven, mi amigo de los primeros años—poeta si gustáis—, de familia noble y buena—familia de raíces coloniales, peninsulares—, un bravo corazón, un brazo, una energía, acaba de morir en las cercanías de Tegucigalpa —Honduras, América Central—, a la cabeza de su tropa, llevando honrosamente su uniforme de coronel.

Diera yo dos docenas de licenciados politiqueros, de los que abundan en el país en que me tocó nacer, por esa fresca vida, por ese enérgico talento, por esa alma escogida que se sacrificó en aras del becerro de cobre del más falso de los patriotismos.

Ya sabemos que se va Bryson, corresponsal del *New York Herald*, a Centro América, pues se anuncia una nueva carnicería política. ¡Pobres Repúblicas! Si algo me regocija es que el barco que llevaba a Groussac en su última gira, haya pasado lejos de las costas centroamericanas. Si ese admirable justiciero desolló a Chile y a Méjico, al pasar por aquellos tropicales países, no hubiera dejado hueso sin quebrantar.

Porque, es duro decir que en aquella tierra, apenas conocida por el canal y por el café, no hay, en absoluto, aire para las almas, vida para el espíritu. En un ambiente de tiempo viejo, al amor de un cielo tibio y perezoso, reina la murmuración áulica; la aristocracia advenediza, triunfa; el progreso material, va a paso de tortuga, y los mejores talentos, las mejores fuerzas, o escapan de la atmósfera de plomo: ejemplo, Medina, el banquero de París, o sucumben en los paraísos artificiales; ejemplo, el poeta Cesáreo Salinas, o mueren en guerras de hermanos, comiéndose el corazón uno a otro, porque sea presidente Juan o Pedro; ejemplo, José María Mayorga Rivas.

He leído la orden general en que el presidente Zelaya hace justicia a Mayorga; sé, por carta del actual ministro de Relaciones Exteriores, hermano del joven sacrificado, también hombre de letras, y diplomático que desde hace seis años ha honrado a su país en Wáshington, sé, digo, que se va a publicar un libro en homenaje a la memoria del muerto.

«Te pido para sus páginas un párrafo o una estrofa tuya. No debes negarme esto, que te pido en nombre de nuestra amistad y del cariño que sé tuviste a mi hermano.»

¡Pues ya lo creo! Doy mi ofrenda, con amor, a aquella amable memoria. Era, mi amigo difunto, corazón del más bello oriente, triste, opaco, a causa del medio en que vivía. Si estuvo algún tiempo al lado de algún Gobierno cruelmente memorable, sus labios y su pluma tuvieron después frases ásperas y condenatorias para los traidores. Hizo versos, soñó, fué un buen muchacho. Fué mi contrario y mi amigo, siempre noblemente. Su muerte ha sido la de un valeroso militar; sus últimos versos los de un verdadero poeta.

Estas son las palabras que envío al hogar de duelo, donde se venera la barba blanca y patriarcal de un anciano ilustre; éstas son las palabras que desde lejos, dedico a una querida memoria.

13 mayo 1894.

CHARLES A. DANA

«No puedo acompañarlo mañana porque me voy a Tampa—me dijo Martí—; pero yo le daré dos palabras de presentación que le harán pasar un rato agradable con el viejo Dana. Corto el rato, porque es hombre ocupadísimo y avaro de su tiempo.»

Ningún «sésamo» mejor que la bondadosa presentación del generosísimo José Martí para su amigo el viejo director del *Sun*.

Estaba éste en la oficina suya, con una visita, y de la barba blanca, la gran barba hermosa y blanca, brotaba su fuerte inglés, de un acento dominante y decisivo. El otro, con atención, le oía. Seguramente sería corresponsal en algún punto de los Estados. Yankee era. No hay duda que recibía órdenes. Apuntó algo en un papel. Salió sin hacerme la menor inclinación de cabeza, ni darse cuenta de mi presencia. Yankee era, como Charles A. Dana.

¡Bravo yankee éste!

Se volvió a mí; me tendió la mano; volvió a leer la tarjeta de José Martí. Yo sentado, él de pie, paseándose, conversamos. ¿De qué? De muchas cosas del canal de Nicaragua, de la infanta Eulalia, a la sazón en Nueva York; del duque de Veragua, de literatura española.

Yo montaba mi inglés redomon con gran cuidado; Ollendorff, inútil, estaba en derrota. Un instinto poliglótico me guiaba, y salía con bien. Por otra parte, el gran periodista me permitía apenas uno que otro monosílabo.

De Martí me habló, cuando hablamos de letras castellanas. «Una vez, me dijo, ese hombrecito que era un grande hombre, vino al *Sun*, como suele hacerlo.

Le encargué un artículo sobre José Zorrilla. Al día siguiente estaba hecho el artículo. Pocas veces ha publicado páginas literarias tan bellas, en un inglés encantador.»

José Martí, era su íntimo amigo. Confesaba que debía a la amistad del ilustre cubano, más de una buena obra, más de un útil pensamiento puesto en práctica.

La popularidad de Charles A. Dana en los Estados Unidos era inmensa. Su diario, el *Sun*, es una de las grandes potencias del periodismo mundial.

Distinguíase el célebre diarista por su energía y firmeza. Era hombre probo y severo. El pueblo yankee veía en él a un varón que encarnaba una de las primeras representaciones de esa raza nueva y formidable.

Los latino-americanos tenían en él un criterio simpático y un amigo.

Conocía también, como pocos compatriotas suyos, todo lo relativo a la América española. Era buen admirador de Sarmiento, y supongo que Bartolomé Mitre y Vedia debe guardar buenos recuerdos de aquel noble y excelente anglo-sajón.

Muchas campañas políticas llevó a cabo; su nombre llegó a sonar en una célebre candidatura. Entonces fué cuando le ocurrió lo del cuento de Mark Twain.

Sus enemigos se desencadenaron en su contra. El hombre probo fué maculado; el honorable Charles A. Dana, fué crucificado en muchas hojas de la Unión. Pero después pasó la tempestad, y el *Sun* brilló con mayores fulgores.

Como periodista era una portentosa cabeza. Aquel hombre de gusto, aquel literato, aquel artista, era un estupendo ciudadano del país del dóllar; tenía el don del éxito; la información de su diario es comparable a la del *Herald* o *New York Journal*.

Sus repórters y reporteresas—pues hay un batallón de mujeres en el servicio del periódico—son de primer orden. Y la empresa del *Sun* es una de las más fuertes de los Estados Unidos y de la tierra.

En Nueva York refiriéronme una de las muchas curiosas anécdotas de su vida periodística. Sucedió que una vez recibió, por correo, una carta escrita con una letra semejante a la del Bob de Gyp. Llamaba la atención aquella carta entre el enorme montón de la correspondencia recibida. Más o menos leyó lo siguiente:

«Mr. Charles A. Dana.—Director del *Sun*.—Soy una niñita de cinco años. Hoy no hemos comido. Mañana pasa Santa Claus y no tendré muñeca, ni mi hermanito tendrá juguetes. Hace mucho frío y ya no tenemos carbón.» Firmaba un nombre de niña cualquiera, y junto al nombre la dirección de la casa.

Envió Dana a un repórter activo e inteligente a cerciorarse de lo que hubiere de cierto y ver si no había en el caso superchería. El repórter volvió afirmando el contenido y alabando la inteligencia rara de la niñita.

La madre, viuda, estaba en cama, y hacía días que había concluído sus ahorros. Estaba próxima a la más espantosa miseria, en medio de un crudísimo invierno.

Dana, ¿qué hizo? En el número del día publicó, sencillamente, el facsímil de la cartita, y he aquí el resultado, completamente yankee. Varias fábricas de muñecas y grandes almacenes, regalaron magníficos juguetes a los dos niños, en tal cantidad, que hubo que tomarse un local para exhibir— por paga, naturalmente—los regalos.

Varias compañías de ferrocarril obsequiaron a los niños con toneladas de carbón. El *Sun* adoptó al niño, y le costeó su educación. Una dama millonaria adoptó a la niña. Y Santa Claus fué el viejo Dana, con su gran barba, sus ojos dominadores y bondadosos, su gesto dictatorial y sus gentiles obras.

El nuevo edificio del diario, uno de los más altos de los Estados Unidos, y, por consiguiente, del mundo—*greatest in the world!*—, ha llamado la atención en el paso de las cosas enormes, país Manmuth, que diría Groussac.

El tiraje del diario aumenta cada día, y su popularidad es inmensa. Es de notar que entre las hojas yankees, que no descuidan, a pesar de su *business*, la parte amena, literaria y artística, el *Sun* es el diario más intelectual, más «bostoniano» en esto que neoyorkino.

La muerte de Charles A. Dana es una gran pérdida para la nación americana y enluta el periodismo universal. Y los que tuvieron el gusto y la honra de conocerle personalmente, no olvidarán—como quien estas líneas escribe—, su bella cabeza, su sonora palabra, su franco y sincero apretón de manos.

He was a man!

19-10-1897.

RECUERDOS DE LA HABANA
El general Lachambre

En noviembre de 1892, el autor de estas líneas llegaba a la Habana, de vuelta de un viaje oficial a España. En un banquete que siempre agradecerá a la redacción de la excelente revista ilustrada *El Fígaro*, conoció a Raoul Cay, a la sazón redactor de la crónica elegante de dicha publicación.

En la noche siguiente, Raoul condújole a su casa y presentóle al señor Cay, padre, antiguo canciller del Consulado imperial de la China, en la capital de la isla, entonces a cargo del gran señor Tam Kin Cho, y a María, su hermana, una hermosísima cubana, gallarda, espléndida, con lánguidos y milagrosos ojos de criolla y una fabulosa cabellera.

Entró una visita. El señor Cay me presentó, y me dijo su nombre. Era el novio de María: «El señor general Lachambre.»

Tipo marcial, de esa especial marcialidad española. Joven todavía, correcto, elegante; la mirada vivaz y escrutadora, barba y bigote negros, voz acostumbrada a mandar, afablemente serio; en la solapa del smokin una camelia blanca.

Pasamos Julián del Casal—el poeta celebrado por Verlaine y alentado por Huysmans y Gustave Moreau—, Raoul Cay y yo, a un saloncito contiguo, a ver chinerías y japonerías.

Primero las distinciones enviadas al señor Cay por el Gobierno del Gran Imperio, los parasoles, los trajes de seda bordados de dragones de oro, los ricos abanicos, las lacas, los kakemonos y surimonos en las paredes, los pequeños netskes del Japón, las armas, los variados marfiles. Julián del Casal, el pobre y exquisito artista que ya duerme en la tumba, gozaba con toda aquella instalación de preciosidades orientales; se envolvía en los mantos de seda, se hacía con las raras telas turbantes inverosímiles.

... Y recordaba yo cómo Julián del Casal había cantado en admirables versos a María Cay —versos que pueden leerse en su volumen *Nieve*—, ¿enamorado de ella?... tal vez. Él parece que nunca lo manifestara. De todos modos, allá en el salón los novios conversaban, en vísperas de sus bodas, pues éstas se realizaron poco tiempo después.

En la celda —era una verdadera celda— en que el poeta vivía en la redacción de *El País*, gracias a la bondad del señor Ricardo del Monte, había entre reproducciones de telas de Gustavo Moreau, una del Calvario de Gerome, y otros cuadritos menores, un retrato de María Cay, de japonesa, antes de ser la generala de La Chambre. Ante ese retrato escribió un poeta amigo de Casal un sonetino que anda por ahí, por los periódicos:

Miro enfrente de la moza
Bañado en la luz del día,
El retrato de María,
La adorable japonesa.

El aire acaricia y besa
Como un amante lo haría
La orgullosa bizarría
De la cabellera espesa.

Diera un tesoro el mikado
Por contemplar a su lado

A princesa tan gentil.

Y ordenara a su pintor
Pintarla junto a una flor
En un vaso de marfil.

❁

El general Lachambre logró hacer suyo aquel tesoro, la «adorable japonesa» fué generala, y luna de miel pasó en España, de donde volvió a la isla el distinguido militar, a ocupar el puesto de gobernador de Santiago de Cuba.

El cable nos anunció anteayer su muerte, en una de las batallas con los revolucionarios; ayer, felizmente, la noticia ha sido desmentida.

Es el general muy querido en la alta sociedad habanera, y muy estimado en la Capitanía general y allá en la corte de Madrid. En su carrera no es dudoso que llegue a más altos destinos.

LIBROS NUEVOS

Les *fabliaux*.—Estudios de literatura popular y de historia de la Edad Media, por Joseph Bedier (Biblioteca de Altos Estudios). Emile Bouillón, editor. He aquí, pues, por tierra, el viejo ídolo indio.

La teoría era así: que todos, o casi todos los cuentos populares, tenían un origen único: la India. Allí habían nacido, para esparcirse en seguida en el mundo entero, «Cendrillón» y las «Tres damas», que encontraron el «Anillo» y «Piel de asno», etc.

Cuna del género humano, la India era también la cuna de la literatura oral: el hombre había adquirido su forma y su conciencia allí, sobre una cierta «llanura central», y en seguida se había puesto a tantear bromas sánscritas, obscenidades arianas, ensueños irónicos. Huet, obispo de Avranches, fué el primero que, en términos bastante vagos, atribuyó la intervención de los cuentos a los orientales; después de él, la teoría se precisó, y Benfey, en 1859, le dió su forma definitiva y absoluta; dicha teoría recibió una grande autoridad de Max Müller, cuya ingeniosidad fué vasta, y quien debe haberse divertido mucho con la invención de sus mitos solares, estelares, crepusculares.

Mucho más tarde, Andrew Lang, esbozó otras hipótesis. Creyendo encontrar en los cuentos supervivencias de usos antiguos, les señaló por fecha tal época de la historia, en que esos usos estuvieron en vigor. El cuento del «Pulgarcillo», por ejemplo, no puede, dice Lang, haber sido inventado por un griego contemporáneo de Esquilo; preciso es situarlo, en el espacio o el tiempo, en un periodo o en un país en que los hombres se comían los unos a los otros. Hay, tal vez, algo verdadero en esa teoría de la supervivencia; pero nada lo prueba, pues las civilizaciones más pacíficas son capaces de literaturas más sanguinarias; y nótese cómo los niños acogen sin extrañeza, sin protesta—aunque no sin miedo—, el personaje del Ogro.

¿De dónde vienen, pues, los cuentos populares y cuál es su edad?

Vienen de todas partes y su edad varía. Algunos son recientes relativamente; otros son contemporáneos de los primeros balbuceos intelectuales de la humanidad.

La cuestión es, desde luego, a la vez, insolvente y pueril; el origen de las costumbres, de las leyendas, nos escapa; eso fué y eso es folk-lore, fué y es invisible.

¿Quién hizo el primer cuento? ¿A quién se le ocurrió primero acostarse para dormir? Hay quienes coleccionan los cuentos y comparan las versiones; el libro de Bedier debe turbar a esos monómanos. En suma, los cuentos populares, no son, tal vez, sino cuentos literarios que han llegado a ser populares. Han sido compuestos oralmente, y aun escrituralmente—en su integridad—, por un solo autor. Han parecido bellos, se les ha aprendido de memoria, se les ha recitado, se han escrito y vuelto a escribir, han tenido períodos orales y períodos escriturales, a menudo confundidos, y he ahí todo lo que se puede decir de verosímil sobre ese obscuro asunto.

La obra de Bedier, al mismo tiempo que destruye un viejo problema de folk-lore, es un excelente trabajo de historia literaria, tan ingenioso como docto.

En Barbarie, por Rolando de Marés. Con ese título,

Rolando de Marés ha reunido muchos cuentos, cuya escena pasa en la Campine, en las épocas primitivas.

Desde luego, nos describe el país en que va a hacer vivir a sus personajes, y parece que esa región, tal como la pinta Marés, merece, en efecto, el nombre de *Barbarie*. Luego nos cuenta leyendas: la de la Princesa Thalia, la del Jabalí blanco, la del Gran San Nicolás; otras más, aún, leyendas ingenuas y rudas en que pasan, por las llanuras, salvajes, héroes sangrientos, implacables magas, y también, a veces, graciosas principesas.

De Marés ha sabido dar a sus leyendas las apariencias de cuentos populares, y esa apariencia convenía a narraciones que el autor quería hacer notar bárbaras; ha sabido, recordando de un cuento a otro, ciertos motivos, ciertos personajes o ciertas aventuras, dar unidad a su libro.

❀

L'Ovex, por François de Nion. «El parentesco natural es para el matrimonio un impedimento dirimente, u óbice. Teología católica. Este epígrafe, bastante claro, permite que, sin gran esfuerzo, se adivine el contenido del libro, al menos en sus líneas esenciales.»

Mademoiselle de Royans, unida desde hace unos meses a un amigo de infancia, Jean de Vienne, descubre, en un pabellón en ruinas, antiguas cartas de su madre, de donde resulta que mademoiselle de Royans es hermana de su marido. Así, ante la joven, que no quiere divulgar el secreto maternal, se plantea un terrible dilema. Huir, sin motivo aparente, de Jean, a quien ama, o continuar el incesto. Un confesor, a quien ha consultado, le da el extraño consejo de continuar llevando sus deberes de esposa, sin rebuscar las ocasiones. Pero llega de Roma una anulación del matrimonio, y la señora, no queriendo decidirse por una ruptura, se deja llevar por una ola en los baños de mar en que se encuentra. Tal es la trama, muy simple, como se ve, de esa novela. Hay un estilo refinado hasta la preciosidad, en esta obra, en que las réplicas alternan vivamente, los personajes se presentan bien claros, en que los detalles no están desprovistos ni de propósito ni de oportunidad.

La suprema voluptuosidad, por E. Gómez Carrillo. Un librito bien escrito, mal pensado y falsamente perverso. Influencia de las «Eróticas», de Rops. Desearíamos que el joven autor perseverase en sus estudios de crítica, que le han dado un justo renombre.

R. D.

9 junio 1896.

EL DIVORCIO DE JEANNETTE
Affaire Daudet-Hugo

¿RECUERDAN nuestros lectores el ruido que hizo en el mundo el matrimonio laico de la nieta de Víctor Hugo y el hijo de Alfonso Daudet? El tremendo Drumond tuvo a la sazón grandes desahogos.

El escándalo del matrimonio civil del hijo de Daudet, decía el antisemita, no es, desde luego, una excelente ocasión de ver claro en el alma de un gran letrado de fines del siglo XIX, de saber exactamente la idea que un escritor ilustre se forma de esas cuestiones religiosas, que a través de las edades han interesado y apasionado a los más nobles espíritus de la humanidad.

El padre de Daudet era un realista convencido; la madre, brava y digna mujer si las hubo, era una católica ferviente, como hay tantas en Mediodía; murió con el rosario en la mano; la hermana de Daudet es también una católica practicante. El hijo más joven del escritor, Luciano, gentil muchacho que tiene el aire tan distinguido y tan dulce, se ha educado en un Establecimiento religioso, en la escuela Bossuet; frecuenta San Sulpicio; su madre le acompaña, y para ayudarle, toma notas sobre el sermón, con la tranquila y sonriente bondad que pone en todo. Drumond mismo ha conducido a Luciano a misa, y se ha edificado con aquél buen comportamiento.

A León Daudet, estudiante, se ha referido recientemente, en el *Courrier Français*, el señor Groussac; Drumond nos dice que ha visto crecer su inteligencia. «Le he preguntado a menudo sobre el vocabulario médico, y me he extrañado de la precoz lucidez de espíritu de ese joven, que si hubiese querido trabajar[1] hubiera tenido las intuiciones filosóficas de su padre, con la ventaja de una educación más rigurosamente científica; ¡jamás, en cambio, he descubierto en él la sombra de una hostilidad contra la religión! La conmoción, justamente, lo que daba idea del asombro general, es ver a esas gentes renegar del Dios de sus padres públicamente, cínicamente, ante todo el mundo, únicamente porque hay una gruesa dote: tres millones». Y sobre Juanita: «¿Conocéis más antipática criatura que esta joven casada, que se estrena en la vida con una manifestación escandalosa?

Tiene veintitrés años —era en 1891—, edad en que se cree en Dios como en el amor, en la poesía, en la esperanza... Ella no se da cuenta de que hay pobres muchachas que no tienen tres millones, que están colocadas entre la prostitución y el hambre, y que tienen necesidad de que se les deje creer en alguna cosa para resistir a las tentaciones de la miseria». «La desgraciada niña no es tan culpable como parece. Era, en verdad, graciosa, cuando, dando los buenos días a todos, se paseaba alrededor de la mesa, en las comidas de Víctor Hugo... Es Lokroy quien»... Y aquí la ineludible conclusión: ¡el semitismo tiene la culpa!

Esa infancia de Jeannette, de George, de esos nietos que tuvieron por arrullo un inmortal y amable coro de versos: *El arte de ser abuelo*, ha sido una especie de leyenda. Ellos fueron los infantes de Hugo, emperador de la barba florida.

Por el secretario de Hugo, Lesclide, se saben cien pequeñas cosas, ligeros detalles, adorables incidentes y simples monadas. Recordemos algo de Jeannette en la vida íntima.

El maestro, anotaba Lesclide, adora a su nieta, y cuando no es madame Drouet quien nos trae sus «mots d'enfant», él lo hace voluntariamente.

—¿Cuándo tendré la muñeca que me has ofrecido?—preguntó Juana a una dama poco antes de los «etrennes».

—Pues—respondió la dama—el día 1.º del año que viene; es la época en que nacen las muñecas.

—Te aseguro, replicó Juana, que no hay necesidad de esperar tanto tiempo. ¡Nacen muy bien por Pascuas; hay huevos que están llenos de ellas!

Augusto Vacquerie, el escritor que acaba de morir, le dijo un día con tono serio:

—Señorita Juana, ¿sabes que tienes una cuenta a cobrar en el *Rappel*?

—¿Qué cuenta?

—Tres francos setenta y cinco, por tres *mots de la semaine*.

Juana duda y se vuelve a mirar a su abuelo.

—Papá—así llamaban a Hugo sus dos nietos—, ¿es cierto eso?

—¿Cómo?—responde el poeta—. ¿Tú escribes en los diarios? ¡Y sin avisarme!

Un día Juana dice a su abuelo:

—Papá, ¿no soy suficientemente grande?

—Sí, amor mío, lo eres.

—Y bien, yo quisiera no acostarme temprano esta noche.

—¿Por qué?

—Vienen senadores a hablar contigo; quiero verlos.

—Pero, querida, vas a aburrirte.

—No me aburriré.

—Querrás jugar.

—No jugaré.

—Harás ruido.

—Estaré bien formal.

—¡Y bien!—dijo el abuelo—. Arregla eso con tu madre; por mi parte, acepto con gusto.

La chiquilla estaba contenta con aquella muestra de confianza.

—¿Sabes política?

—No; oiré lo que dirán.

Por la noche los senadores concurrieron.

La señorita Juana, agarrada de la levita de su abuelo, los escucha atentamente. Una formalidad ejemplar. Víctor Hugo muestra una gran vivacidad oratoria, se exalta, y su voz sonora hace resonar el salón rojo.

—¡Papapá!

—¿Qué, hija mía?

—¿No es conmigo con quien estás enojado?

—No, «Ma mignone».

La tertulia se acaba; los senadores se van; no hay sino una voz para alabar la *ténue* de mademoiselle Jeanne.

Lo cual le hace venir otra idea.

—Abuelo, ¿quieres llevarme al Senado mañana?

—Sí, si eso te divierte; no tienes sino que ir con tu madre.

—¡No, con mamá no quiero, contigo!

—No es posible, no te dejarían entrar.

—Pero si tú lo dices...

—Aunque lo diga yo.

—Y bien, tú no dirás nada; me tomarás de la mano, entraremos y me pondrás sobre tus rodillas.

—Sí, pero vendrá un ujier vestido de negro y con una gran cadena, y te dirá: ¡Señorita, vos no sois senador!

—Y yo responderé: ¡Señor, yo soy su nieta!

Una noche, en el salón un tanto sombrío de la rue Drouot, 20, madame Charles Hugo tenía un bebé sobre sus rodillas y lo vestía para dormir.

A alguna distancia, Víctor Hugo hacía arrodillarse a Juanita, *dans le plus simple appareil*, y le hacía decir su plegaria. En esa plegaria, extraña a las liturgias conocidas, Juana pedía a Dios ser discreta y obediente, le recomendaba a su padre muerto, a su tío Francisco Víctor, enfermo entonces, y todas las personas que le rodeaban.

La pequeña Juana interrumpía la oración con bien ingenuas reflexiones. No se cuidaba, por ejemplo, de orar por su hermano, que le había dado un mojicón.

Un día Juanita y su hermano Jorge se divertían ruidosamente en el salón rojo de la rue Clichy, con la efusión natural a su edad. Entre otros juegos, se había tomado al gato Gavroche para un steeplechase; pero Gavroche, pacífico y serio, no había querido. Su amiga Juana lo llevó entonces al nido maternal despidiéndole: «tú quédate con tus padres». Después de lo cual llamó a su abuelo y le explicó sus intenciones. Y el abuelo puso su gloria en cuatro patas.

La chiquilla recibió al día siguiente estos versos:

L'autre soir, en jouant avec votre grand-père
dans l'antre où ce buveur de sang fait son repaire,
vous lui fîtes porter le plus doux des fardeaux,
O Jeanne! et je vous vis lui monter sur le dos.

Résigné, comme on dit que le fut Henry Quatre,
où jugeant inutile et vain de se débattre,
Papapa sous le joug se courba doucement
et sur l'épais tapis marcha docilement.

Sans être un grand devin, je puis, mademoiselle,
dévoiler l'avenir en partie a vos yeux:
avant qu'il soit longtemps, vous serez grande et belle,

et fière de porter votre nom glorieux;
vous tiendrez d'une mère une grâce infinie;
votre sang doit vous faire un esprit sans rival;
vous aurez la beauté, peut être le genie...
mais vous n'aurez jamais un semblable cheval.

Después, el dios entró en el Panteón... y Jorge y Juana en el mundo.

De ambos se volvió a oír hablar; de Juana, por su matrimonio laico con el hijo de Daudet; de Jorge, por ciertos escándalos de mozo de vida alegre...

Y luego, cinco años después de casada, Juanita se separa de su marido.

León Daudet es un espíritu altivo, un cerebro fuerte, un pensamiento quizá con demasiados músculos. Muy poco de artista, muy mucho de «sabio». Estudió para médico. Ya nos ha dicho Drumond cómo le consultaba el joven sobre tecnicismos médicos. Dejó la carrera y se tornó escritor, con un bagaje y una médula científica que dan a sus escritos cierta firme y enraizada fortaleza. Y ha ido a rápidos pasos. De *Hœenes a L'Astre Noir* hay un visible progreso. Y en sus críticas de la *Novelle Revue* revela un juicio personal. Su padre ha dicho: «A los escritores, como mi hijo, pertenece la literatura del siglo xx», en una reciente interview.

Y se atrevió León Daudet a publicar el *Astro Negro*... La Prensa de París ha respetado la más sagrada de las memorias, el más alto de los nombres de la poesía francesa, y no se ocupó del libro.

La Prensa no dijo media palabra sobre el Astro de Seneste—cuya figura y descripción están bien claras para el menos entendido—. Se dijo que León Daudet aseguraba haber querido pintar en el incentuoso grande-hombre

—«¡Vous êtes un homme, monsieur Goethe»...—¡a Wagner! Más a la vista estaba la tempestad en el hogar de Juana Hugo. Luego la dedicatoria del libro, por León Daudet, a su abuela... Se murmuró de revelaciones y secretos escabrosos... A Buenos Aires envió J. Lermina una correspondencia sobre el asunto, que Mariano de Vedia no publicó. Después, el divorcio, iniciado hace más de un año, y que acaba de resolverse, según lo ha comunicado ha pocos días el corresponsal de *La Nación*, en París.

Algunos han pensado que León Daudet ha hecho el escándalo público, para tener un ruidoso éxito de librería.

Juana Hugo es hoy una de las divorciadas más tentadoras de París. Probablemente se casará pronto: es rica y princesa de la sangre; bella e inteligente. Mas si ha logrado todo o gran parte de lo que le anunció su abuelo en los versos que le hizo cuando imitó hípicamente a Enrique IV, no tendrá ciertamente ni una cabalgadura como aquella, ni las horas de oro que conducían su vida cuando

Jeanne était au pain sec dans le cabinet noir...

Febrero, 25-1895.

[1] Cuando Drumond publicaba estas líneas, el autor de *Hœnes a L'Astre Noir* no había dado a la luz ningún libro.

A JOSÉ MIRÓ
(JULIÁN MARTEL)
El día de su muerte
10 de diciembre de 1896

P ASO a paso, melancólicamente, como un sonámbulo que persiguiese una mariposa y se perdiese en lo profundo de bosques sombríos, así tú, tras tu ilusión, mi amigo Julián Martel, penetras en la noche de la muerte.

Yo te he conocido en la primavera de tu juventud, triste enamorado de la gloria, soñador testarudo, cultivador de rosas de fantasía. Vivías en tu sueño, que era un jardín cuidado perennemente por tu alma. Parecía que no oyeses la voz del mundo, de este mundo nuestro. Sí, una voz como de sirena que te atrayese a una isla encantada, de un raro mundo, de verdes laureles, de cantos, de reales grandezas, de perpetuos triunfos; un mundo fuera del mundo: *anywhere out of the world!* Porque nunca quisiste convencerte, poeta como eras, de que fuesen verdaderas las espinas que rasgaban tus carnes, los abrojos que encontrabas a tu paso, las crueles ortigas, las zarzas amargas y ásperas; así, aun cuando dijeres en tus prosas o en tus versos los dolores de la vida, enflorabas tu pensamiento, y tu frase, con flores de idealidad y de dicha, de modo que te engañabas a ti mismo y te prometías siempre para el día que viene, para la próxima aurora, un festín de poesía, en que las musas sirvieran a tu espíritu ansioso los más puros rocíos, en las copas de las más frescas azucenas. No te dejabas vencer por la vida, mentirosa y fatal enemiga; eras siempre fiel a la divina imposible. La vida se vengó de ti, entregándote a la muerte.

Amabas el arte, amabas la hermosura, amabas las palmas del triunfo, mas te faltaron músculos para las decisivas ascensiones, para las bregas decisivas. Tu corazón era una urna de bondad, de bondad ingénita y sencilla, de una bondad colombina; había mucho de tu corazón en tu cerebro, de manera que pensabas sintiendo.

Los que como yo supieron lo íntimo de tus secretos pasionales, sabemos que cuando la tristeza te poseyó, fué por causa de amor; eras un sensitivo y un romántico. Hay una de tus poesías en que un reloj simbólico señala el secreto de tu existencia.

En estrofas poeanas dices la agonía de las ilusiones, y al fin estalla el reloj, en un momento que no es por cierto el último. ¡El último ha sido éste, mi querido Julián Martel: ayer ha estallado el reloj de tus sueños de poeta, ayer cuando has cerrado los ojos, y amor y gloria y sueños y esperanzas se han desvanecido con la luz de tus obscuras pupilas!

Eras raro como la lealtad, ardiente como el entusiasmo. Sabías todavía amar y admirar. Sabías pasear tu figura pálida y noble entre las medianías antosugestionadas, y tu cansada indiferencia fatigaba las inutilidades petulantes. Intentabas odiar—aunque no lo podías a causa de la excepcional virtud de tu sentimiento—la tiranía de la chatura, el poder de los dictadores del «buen sentido»; eras enemigo de Pilatos.

Tu obra principal y mayor—que es casi toda tu obra—fué un clamor de venganza contra la fortuna, que te fué traidora como una bella querida. Y tú, como artista, como poeta, habías nacido para las grandezas y poderíos. No eran plebeyos ni tu sangre, ni tu gusto, ni tu papel de héroe de Musset, ni tu estilo que buscaba siempre un rumbo.

¡Cuántas veces soñamos juntos, en noches de amistad amable! Yo oía tus imaginaciones de oriental, tus fantaseos de rajah, la historia nunca concluída de tus lindos castillos en el aire, y te acompañaba encantado a tus excursiones por los países de lo irrealizable.

¡Fuiste mi amigo en arte y en existencia; me defendiste, me amaste, me comprendiste, desde que, al llegar a Buenos Aires, me fuiste a saludar en nombre de *La Nación*, en cuya casa confraternizamos!

¡Por eso, por tu corazón y talento, yo te defenderé y amaré tu memoria puesto que te comprendí! *¡Raté!* dirá una conciencia; y mi corazón clamará: ¡Haced *La Bolsa*! ¡Y culparé a tu desconocido genio maléfico, o a tu sino, de que no hayas llegado a poner en tu torre soñada tu pabellón de victoria! Atmósfera propicia te faltó, tierra te faltó, aliento te faltó. Mueres demasiado temprano, pero tuya es solamente la mitad de la culpa.

Ahora tu visión astral y penetrante verá sobre el haz de la tierra quiénes te amaron de veras, quiénes fueron tus amigos. Yo no miento lágrimas; yo te digo adiós con una tristeza que puedes ver en lo hondo de mi alma.

Notarás, mi querido Miró, que no va mi corona entre las que acompañan tu féretro: ¡Yo te haré una de versos!

FIESTAS PRIMAVERALES
Una dalia

CORTESANA de duro seno, de ojo opaco y obscuro, que se abre lentamente como el de un buey; tu gran torso reluce como un mármol nuevo.

Flor gorda y rica, a tu alrededor no flota ningún aroma, y la belleza serena de tu cuerpo desenvuelve, mate, sus impensables acordes.

Ni aun a carne trasciendes, salvo que al menos exhalan las que van removiendo los héroes, y tú te entronizas por lo insensible al incienso.

Así la dalia, rey vestido de esplendor, eleva sin orgullo su cabeza sin perfume irritante en medio de los jardines incitativos.

¡Flores sobre flores! Flores de estío, flores de primavera, flores descoloridas de Noviembre, vertiendo la pena de los adioses, y en los trenzados los crisantemos; los lotos reservados para la mesa de los dioses, los lises altivos entre las espesuras de amarantos, irguiendo con orgullo sus tirsos radiosos; las rosas de Noël, de palideces transparentes y, después, todas las flores enamoradas de las tumbas, violetas de los muertos, helechos olorosos, asfódelos, soles heráldicos y bellos, mandrágoras que gritan con voz sobrehumana al pie de los patíbulos negros que frecuentan los cuervos. ¡Flores sobre flores! ¡Deshojad flores! Que se paseen incensarios floridos sobre la tierra en donde, allá lejos, duerme Ofelia con Lady Rawena de Tremaine. ¡Amor! ¡Amor! Y sobre sus frentes, que tú inclinas, haz rodar la púrpura extática de las rosas, semejante a la sangre alegre vertida en los combates. Antes cantaban ellas, vírgenes rosadas, rubias, los amantes de los días que no renacerán nunca, bajo sus vestidos tejidos con oros finos y argírosas. ¡Oh, lejanas dulzuras de las primaveras concluídas! ¡Apertura auroral de las ideas! ¡Puerta del cielo ofrecida a los labios de los elegidos! ¡Las vírgenes hoy, muertas o poseídas, están lejos! ¡Muy lejos! La esperanza ha caído de nuestros corazones, como las ramas podadas de un árbol.

Y la sombra, y los pesares y el olvido, son los vencedores.

A través de los iris y juncos, Ofelia abandona su alma a los arrulladores murmullos del río, único testigo de su melancolía. Y he aquí que en el fondo de la verdosa espesura suenan confusamente harpas cristalinas, atrayendo con sus ritmos obsesores. El oro difuso del Sol empurpura las colinas, por el lado del castillo de Elseneur, y las torres que obscurecen ya las tinieblas hyalinas. La noche felina, con su traje de terciopelo, arrulla a las aguas, los valles profundos y los cielos tristes, y con los sauces ruidosos esfuma los contornos. Y las nubes rojas del poniente con colinas que trepan lanza en puño, atroces caballeros que espolean el vuelo furioso de los unicornios. Luego, la dama que sueña con los juramentos olvidados canta entre dientes un *vireylay* muy antiguo. La demencia extiende sobre su frente multiplicados duelos. ¡Flores sobre flores!

Sollozos cortan su romanza, mientras que, con los cabellos coronados de jazmín, se inclina hacia los juncos del río inmenso. Los Nixos, cerca de la orilla le señalan el camino, y tranquila, al curso de la onda en las gláucas praderas, desciende con ¡no me olvides! en la mano. Las flores palustres sobre sus pupilas apagadas pondrán el dictamo adorado del sueño, en jardines de...

Fiestas primaverales
Los poetas y las flores
(CONTINUACIÓN)

LOS NENÚFARES
(BARBEY D'AUREVILLY)

Allons, bel oiseau bleu, venez chanter votre romance a madame...

(SUZANE.)

Vous ne mettrez jamais dans votre flore amoureuse le nénuphar blanc qui s'appelle...

(UNE PREMIÉRE LETTRE.)

I.—¡Nenúfares blancos, oh lirios de las aguas límpidas, nieve que surge del fondo de su azur, que adurmiéndose sobre vuestros tallos, tenéis necesidad, para dormir, de un lecho puro! Flores de pudor, ¡si!, sois demasiado altivas para dejaros cortar... y vivir después. ¡Nenúfares blancos, dormid sobre vuestros ríos! ¡Y no os cortaré jamás!

II.—Nenúfares blancos, flores de las aguas soñadoras, si soñáis, ¿en qué soñáis? Pues para soñar preciso os es estar enamoradas, es preciso tener el corazón enamorado... o celoso; pero vosotras, ¡oh, flores que el agua baña y protege, para vosotras soñar... es aspirar el frescor! ¡Nenúfares blancos, dormid en vuestra nieve; yo no os cortaré jamás!

III.—¡Nenúfares blancos, flores de las aguas adormecidas, flores cuya blancura da frío a los corazones ardientes, que os hundís en vuestras aguas desentibiadas cuando el sol luce, nenúfares blancos! Quedad ocultos en los ríos, en las brumas, bajo los sauces espesos... ¡De las flores de Dios, sois las últimas! ¡Yo no os cortaré jamás!

LA CANCIÓN DE LAS ROSAS
(ROBERT DE LA VILLEHERVÉ)

Encanto de los ojos extasiados, los rosales divinos; los rosales no darían tantas rosas, si no fuese la juventud en flor, que, rota, después del dolor, renace y revive en las cosas.

Las rosas de púrpura o de plata, que junio, artista diligente, reviste con los colores de la vida, en su brillo, en su palidez, son la metamorfosis en flor, de una niña arrancada por la muerte.

Y por eso, en los repliegues de sus pétalos delicados, obstinadamente, la rosa oculta—como las vírgenes el suyo—su corazón de oro, gloria de la flor, su corazón invisible, sin mancha.

Y por eso, en los rayos, cerca de ella, las mariposas azules revuelan querellándola, y la aman mujer, la aman flor, y el claro enjambre acariciador quisiera aun morir por ella.

Y por eso, la fresca mañana, bajo la seda y el raso, hace, para adornar la flor querida, una perla de cada lágrima y una estrella de cada perla.

CRISANTEMOS
(HENRI CORBEL)

Flores que vertéis el olvido de los odios obstinados, vosotras dejáis sobre nuestros corazones el pesar de los bellos días, viniendo a inspirar nuestros últimos amores: vuestros rayos son el adiós de las estaciones afortunadas.

Crisantemos, perfume de nuestros años de jóvenes, vuestros ojos son dulces como los de los trovadores; en vuestros pétalos de oro, en vuestros encantadores atavíos, nacéis en los umbrales de los graves destinos.

Y vuestro brillo discreto no es si no divino.

Al declinar el día, cuando la luz expira, cuando la brisa suspira y corteja al gran bosque, vosotras arrojáis, risueñas como un Dios Silvano, vuestras canciones, en la faz de los brumosos otoños, llamando los besos de los Soles monótonos.

LAS FLORES
(MALLARMÉ)

De las avalanchas de oro del viejo azur, en el día primero, y de la nieve eterna de los astros, antes sacasteis los grandes cálices para la tierra, joven aún y virgen de desastres.

La fiera Gladiola, con los cisnes de cuello fino, y ese divino laurel de las almas desterradas, bermejo como el puro dedo del pie de un serafín, que enrojece el pudor de las auroras holladas; el jacinto, el mirto de adorable brillo y semejante a la carne de la mujer, la rosa cruel, Herodias en flor del jardín claro, aquella que riega una sangre soberbia y radiosa.

¡Y tú hiciste la blancura sollozante de los lises que, rodando sobre mares de suspiros que roza, a través del incienso azul de los pálidos horizontes, sube, en un ensueño, hacia la luna que llora!

¡Hosanna en el sistro y en los incensarios, Padre Nuestro, hosanna del jardín de nuestros limbos!

¡Y concluya el eco por las celestes tardes, éxtasis de las miradas, scintilaciones de los nimbos!

¡Oh Padre, que creaste en tu seno, justo y fuerte, cálices

balanceando la futura redoma! Grandes flores con la balsámica muerte para el poeta fatigado a quien la vida debilita.

NANSEN

En estas columnas de *La Nación*, con su estilo brioso y nervioso, hace ya algunos años, narró José Martí la leyenda de los héroes del Polo, cuando Greely volvía de su odisea; la leyenda, real y vivida, que es hermosa y trágica, de la cual es hoy héroe nuevo y triunfante el escandinavo Nansen, al cual recibió con palmas y músicas y discursos y versos su buena tierra de Noruega, cuando volvió de la aventura de su *Fram* después de haber explorado el misterio del círculo polar.

Contadas por el mismo Nansen van a ver nuestros lectores la historia extractada de su empresa: la historia completa y detallada la compró una casa de Inglaterra en 25.000 libras esterlinas.

Ese compatriota de Ibsen, doctor y marinero, astrónomo y herbolario, dice con sencillez lo que le aconteció en las nieves, cómo la aurora boreal lucía, cómo la morsa atacó el Kayak, cómo vino el oso blanco hacia él. Y en él hay un soplo atávico de aquellos marinos que de su país se dice vinieron antes que nadie al mundo de América, y de los pescadores de ballenas y bacalaos que en las tempestades hallaran siempre su elemento, hechos al peligro y a la penuria, y de los seres cuasi fantásticos que se ven grandes y fuertes en las tradiciones populares, o pasan, extraños, bajo las arcadas de hielo de ciertos poemas bárbaros de Leconte de L'Isle.

Él partió con fe y valor, bien provisto y acompañado de gente escogida; y no falló su cálculo que lo llevara hasta donde ningún hombre ha llegado en los fríos del Norte. Él realiza Julio Verne; él hace sus cosas como para que se cuenten a los niños, y los poetas de más tarde hagan poemas con esas prodigiosas cosas. Las gentes le señalan cuando le ven: «Ese es el hombre que ha vuelto del infierno blanco». Y en verdad que es su viaje dantesco, de un dantesco real y terrible, que ejecuta la fábula. Sus narraciones tienen el llamativo de las novelas de la imaginación; Marco Polo del Polo, nos cuenta cosas naturales que nos parecen cuentos de Simbad, y nos imaginamos su existencia en el desierto blanquísimo, adonde va guiado por una ciencia que parece poesía.

Y por qué fué al viaje peligroso, a exponer la vida por su sueño, y comió galleta dura y carne del oso blanco y bebió café sin azúcar en una casa de nieve, y cuidó a sus buenos perros, y vió la noche larga, y la milagrosa luz magnética, anda ahora dando conferencias y haciendo libros que vende como diamantes, y come el faisán con el rey y recibe el cheque del yankee. Porque es persona de honra y provecho, y el viejo Ibsen dicen que estaba rezongando entre dientes, cuando la fiesta de Christianía.

¿Pues no habrá que honrar y celebrar a estos buscadores de desconocidos? Nansen realiza su poema; él es su personaje principal, con un decorado de Snow, el brillo pálido del sol de media noche.

Oigase su narración parca, de sujeto de obra y hecho; no todo es número y grados; de repente, el interés acrece de un modo vibrante, y en medio del silencio polar, fijáos cómo el doctor canta en cuatro líneas la llegada de la primavera.

26-4-1896.

LA FIESTA DE FRANCIA

HOY es el día en que, bajo todos los cielos, en todos los climas, erige, resplandecientes al aire, sus palmas de bronce, la Marsellesa. Todo el mundo parece que tomase parte en la alegría de la Francia, cual excitados los espíritus por los zumos de un vago Champaña de victoria. Las banderas, los tambores, las fanfarrias, los himnos franceses, nos hacen alzar la cabeza, correr más viva la sangre, marchar, pensar en cosas heroicas y bellas. ¿Cuál es el secreto de que Francia sea amada de todos los corazones, saludada por todas las almas? Preguntad al pastor decisivo por qué da la manzana a una diosa señalada. Entre todas las princesas de la tierra, *¡ave, regina Galia!*, tú eres la más hermosa. El áureo París derrama sobre el orbe el antiguo reflejo que brotaba de la Atena marmórea. Ante esa capital mágica se extiende un inmenso océano de ensueños. Allá vamos los peregrinos del amor y del arte; allá van todos los adoradores de la vida, a cortar las rosas que curan con su perfume las ponzoñas de las víboras hiperbóreas, la somnolencia de filosofía brumosas. El idioma de Francia es el nuevo latín de los sacerdocios ideales y selectos, y en él resuenan armoniosamente las salutaciones a la inmortal Esperanza y al Ideal eterno.

Celto-germana, burgonda o normanda, toda la sangre de Francia se vierte en una sola vena, toda la savia francesa da alimento y existencia a una sola selva de fuerza y de gracia, en donde una Bella—despierta—del bosque, en su maravilloso palacio, ofrece a todo caballero errante de la poesía o de la gloria, el vino prodigioso de sus inexhaustas ánforas. ¡Selva de enorme y dulce encanto!, en ella encuentran los ojos absortos, ya a Carlo Magno sobre su pino, ya a Víctor Hugo bajo su laurel.

Son de «biniou», canto de marino de Bretaña, risueña farándula de Provenza, danzas provinciales, sus ecos nos llegan con los de la incomparable voz de París, dominándolo todo en clangor de gallo, o una cristalina diana de alondra. Y el arraigarse nuestra simpatía, no es tan sólo por ser Galia toda bella de su magnífica persona, sino también por la fragancia de su nobleza, por la virtud interior que se manifiesta en sublimes ímpetus o en brazos y alas abiertos: Francia, es hermosa por dentro; Francia, es buena; Francia, es generosa.

Me habláis de horribles y sublimes locuras, de sangre; el populacho, la caramañola, el cuello blanco de la reina... (Esas son las estaciones de las naciones.) Floreal viene precedido de tantas tempestades... Mas ved cómo aún de esa roja floración, cada libre pueblo de la tierra ha ido a hacer su ramo, y en sus días de fiesta, se adorna con él el pecho. Por otra parte, el himno de Rouget de L'Isle, ha vibrado ya en el Kremlin y en el Vaticano. A Europa toda, a Oriente, al continente nuestro, el fuego de la vasta hoguera de la Revolución ha llevado una parte de su resplandor. Parece que algo del alma de todas las naciones hubiese salido libre de la Bastilla en el día siguiente de su asalto.

❀

Mas la amable tirana de Francia se muestra de modo principal en su pensamiento, que levanta sobre la humanidad, gemado como un cetro. Bajo la basílica de oro, un pontífice invisible hay que consagra y pone en evidencia toda idea que llega de cualquiera de los cuatro puntos cardinales. Allá está la rosa de los cuatro vientos del espíritu.

Su lengua es la verdadera lengua católica, en el verdadero sentido, la lengua del Universo. Hoy podemos decir lo que en su siglo decía el maestro del Dante: *La parleure en est plus delitable et plus commune à toutes gens*. D'Annunzio confirma a Brunetto Latini.

El mongol, el abisinio, el persa, el descendiente del inca, el cacique, no hay quien, por bárbaro o ignorado, no alimente el gran deseo de contemplar la ciudad soñada. París es el paraíso de la vida, Francia es el país de la Primavera y del Gozo para todos los humanos. Yo creo sentir lo que todos. ¿Es el Sol? ¿Es el aire? ¿Son las flores? ¿Los monumentos? ¿Son las mujeres? ¿Es la historia? En muchas partes hay historia que revive en memorable fastos; bello Sol, aire puro, flores raras, palacios soberbios, monumentos magníficos, mujeres llenas de gracia o beldad. Mas he ahí el sol de París, que nos llena de átomos de oro como un licor impalpable, cuerpo y espíritu; he ahí el aire de París, que nos satura de una maravillosa fragancia, de una inacabable esencia de juventud y de entusiasmo, de manera que nos sentimos como dueños de una imperiosa potencia de crear y de sentir; he ahí las flores de París, como más femeninas que las flores de ninguna otra parte, pues diría que los mismos lirios parisienses saben ya los secretos sonrosados de las rosas; he ahí los monumentos de París, las joyas de París— tu Gioconda, tu Victoria de Samotracia—; he ahí la mujer de París: su nombre es Poliginia; comprende en sí a todas las mujeres, y es ella sola, es la mujer; buena burguesa o tipo de Cheret, o perversa de Rops, hay en ella el innato hechizo que fascinaría de nuevo a los hijos de los ángeles. Y, sobre todo, eso pasa como un aire de luz el alma de la Francia, el heroísmo, el soplo artístico, el vuelo aquilino de los triunfos. En aquel castillo está, rodeada de palmas y de lirios, Clemencia Isaura. Sobre aquel fondo de púrpura, se destaca imperial el perfil de Bonaparte. Tras la estación triste, un trueno de trompetas anuncia que la Francia siempre está en pie, coronada de yambos o ceñida de odas. Tener la flauta de Verlaine no le impide tener los clarines que portan las victorias del Arco del Triunfo o las bocinas del *Año Terrible*. Tras el grupo de sabios, sobre el hombro de Pasteur, alza la testa de toro el Balzac de Rodin. Pueden agitar el fondo de la fuente patria las maculadas manos de la política, los dedos en garra de la Administración prostituida; el alma francesa purifica el daño —¡ah, en veces por el fuego y por la sangre! — y se alza, intacto, el antiguo oriflama, sin rasgadura ni lodo. El Arte y la Ciencia tienen allí sus torres de asilo, cuando la tormenta pasa. La Tierra necesita de Francia. Por más que claméis, Naciones hipócritas, allá está la sal y la miel. Sal de Francia, ¡tú desafías todas las corrupciones; tú estarás siempre en todo bautismo cordial y mental!

❊

Francia es hermosa por dentro. Francia es generosa. Ha tiempo, tanto tiempo que cortó la roca Durandal y torció el alifante el soplo heroico... Ha tanto tiempo que desde sus sombríos habitáculos escribía el segundo Felipe de España: He ordenado al duque de Parma que socorra a *mi ciudad de París*... Apartado casi de la vida de las Naciones políticas del mundo, pobre, gastado, el hidalgo vecino es provocado, desarmado, aplastado por un nuevo enemigo, más fuerte, más joven, más rico.

Francia entonces estará de parte de la hidalguía caída, de la nobleza quebrantada, del antiguo y contrario paladín en desventura. ¡Bravos franceses! De Guiche pregunta a Cyrano de Bergerac:

... Avez vous lu *Don Quichot*?

Y Cyrano contesta:

Je l'ai lu.

Et me découvre au nom de cet hurluberlu.

107

Francia, de tal manera se inclina ante la desgracia del Caballero Andante de las Naciones, porque sabe que, como dice el poeta, si las aspas del molino de viento le han echado hoy por el fango de la derrota, otras veces le han levantado en sus giros hasta los astros.

Los señores sabios nos demuestran que no existen razas; que la raza latina, más que ninguna otra, no existe. Muy bien. Yo soy de la raza en que se usa el yelmo del manchego y el penacho del Gascón. Yo soy del país en donde un grupo de ancianos se sientan cerca de las puertas Sceas, a celebrar la hermosura de Helena con una voz «lilial», como dice Homero; yo soy de los países pindáricos en donde hay vino viejo y cantos nuevos; yo soy de Grecia, de Italia, de Francia, de España. Y cuando España está abatida y veo apagado su esplendor antiguo, rotas sus armas, secas las mamas que alimentaron el mundo en que he nacido, vacilante la corona que ilustraron cien capitanes y celebraron cien poetas, estoy triste, muy triste; cuando Grecia cae, padezco; y cuando Italia sufre, sufro; y cuando Francia, la reina Francia, está de canto con ella. ¿Sabéis qué es una fiesta de Francia? Una Gran Patria de opulentos senos, como la Libertad, de Barbier, se yergue enorme en su bronce, en el Imperio de los vientos; y a su alrededor la alegría como la Primavera, de Boticelli, ceñida de guirnaldas, seguida de cantos y de risas; el orgullo, armado de una espada de oro; el amor con su compañía de horas y de gracias; la Marsellesa, como en el bajo relieve del Arco; la canción jovial, rítmica y desnuda cual la encarnada en mármol Charpentier. Es la apertura, la súbita eclosión de las rosas del recuerdo, la visión de las floralias del porvenir. La Galia pasada revive, el viejo espíritu franco se anuncia con sus pájaros matutinos. Y el grito marcial *Allons enfants*... no asusta a los cisnes ilustres que en los lagos de Versalles algo buscan, haciendo misteriosos signos en el fondo de las arboledas con el blanco énfasis de sus cuellos.

A clarín sonante y a tambor batiente fueron anoche los franceses de Buenos Aires, a saludar a su ministro, a sus diarios, a su club. Pues aquí en la República Argentina hay también un pedazo de Francia en donde amando el terruño hospitalario se guarda el culto por la gran patria que está al otro lado del mar. Entre la procesión de antorchas y estandartes iba la bandera de los tres colores. Cada corazón saludaba el símbolo. Trabajadores, comerciantes, periodistas, agricultores, obreros: los colonos franceses son queridos aquí; son planta buena que arraiga bien. Ellos no dejan de ser franceses; sus hijos son argentinísimos. Con todos ellos hemos aplaudido en nuestro suelo a sus estrellas de arte, a sus hombres de ciencia. Nuestras encantadoras mujeres se visten en francés y nuestras mentes jóvenes más que a otra luz mira lo que nos llega al amor de Francia.

Celebran su fiesta los colonos como en casa propia, y no de otro modo podrían ser en donde riegan sus himnos por las calles adornadas; dicen a voz ardiente sus discursos patrióticos; congregan en la plaza pública sus huerfanitos que se sienten como llenos de padres en este día de sonrisas; van a visitar a sus pobres enfermos en el hospital donde hoy triunfan violetas, vinos y colores; juegan a la pelota, cual recordando el juramento histórico; distribuyen socorros a los necesitados; pedalean y patinan bebiendo un aire de gozo; van a saludar *quand même!* la estatua de Alsacia Lorena, y en los teatros, con lujo y alegría, se canta, se recita, se aplaude, se ríe, y en los salones, se baila, se halaga, se siente, se ama ¡todo por amor a la Francia! Lo propio el rico propietario o el clubman en su círculo, que el obrero en su asociación o en su café preferido. Hay un placer contagioso que se derrama en ondas atrayentes. ¡En la comida, en la cena familiar, poned atención cómo el buen abuelo canta su couplet, de Beranger todavía!, y todos contestan con el «refrán».

Allá en París, allá en Francia entera, hierve el inmenso entusiasmo. El presidente presencia la gran revista; todo el día es un *bouquet* de sol y música. Pero en París, como en Buenos Aires, como en todos lugares que haya franceses, esta noche, esta madrugada, al poner la cabeza en el descanso, los niños sentirán que ha pasado la noche buena de la patria; las damas soñarán con amores que llevan escarapela tricolor; los ancianos se sentirán satisfechos de ver cómo no muere el patriotismo a pesar de tantas saetas modernas que le van directamente al pecho; todos soñarán por la futura y progresiva creciente de la grandeza maternal.

CARLOS EZETA EN MONTE-CARLO
Epílogo de la «Historia Negra»

EL autor de estas líneas, a raíz de la traición que elevara a los hermanos Ezetas al poder, en la República del Salvador, publicó en Guatemala un folleto con el título de *Historia Negra*; contiene la narración exacta de los sucesos en que fué víctima lamentada el presidente Menéndez.

Cinco años después amplió aquellas apuntaciones en un artículo que apareció en las columnas de este diario, a propósito de la caída de los Ezetas.

Los lectores de *La Nación* están, pues, al corriente de los acontecimientos en que tanto se ha hecho sonar la tan famosa tiranía bicéfala de aquel pequeño país centroamericano.

Ayer el cable nos ha comunicado el escandaloso y ridículo epílogo de la *Historia Negra*, haciendo saber al mundo cómo los millones acaparados por «el hombre del 22 de junio» se han evaporado en la ruleta de Monte-Carlo.

En cinco años de poder, Carlos y Antonio Ezeta, que antes de la traición no tenían sino sus sueldos de militares, se convirtieron en millonarios: casa en Madrid, estancias en el Salvador, rentas, depósitos en el Banco de Londres.

Recientemente la asamblea salvadoreña ha ordenado la instrucción del largo proceso.

Cuando huyeron a los Estados Unidos los dos hermanos, les fueron embargadas por el Gobierno de Gutiérrez las propiedades que tenían en el país.

Siguiendo las huellas de todos los ex presidentes de la *Pepa*, Carlos se dirigió a París a gozar de su dinero, en tanto que Antonio estaba preso en San Francisco de California, a pedido del Gobierno salvadoreño que negociaba su extradición.

Esta no se pudo conseguir, y Antonio, ya libre, se dirigió a Méjico, en donde creía encontrar apoyo en Porfirio Díaz.

Parece que cuando estuvo a punto de estallar la guerra entre Méjico y Guatemala, Antonio Ezeta ofreció sus servicios a la primera nación, con esperanzas de poder después recibir auxilio para revolucionar el Salvador.

Uno y otro hermano hicieron más de una vez que el cable comunicase de ellos poco honrosas noticias; ya era Carlos humillado y afrentado en un teatro de París por un colombiano a quien persiguiera durante su tiranía; ya era Antonio haciendo el Don Juan Tenorio con doncellas de labor en el país del tío Samuel. Mucho tuvieron que hacer los lápices de los caricaturistas.

Esparcidos por todos lugares, después de la *débâcle*, los exseides de los Ezetas, tenían encargo de comprar a la Prensa extranjera poco escrupulosa. La diatriba y el odio se multiplicaron contra los antiguos amigos de Menéndez y los vencedores de la revolución encabezada por Gutiérrez. El autor de la *Historia Negra* no fué de los menos atacados, y hasta la superchería de una falsa muerte fué propalada por diario como *La Estrella de Panamá*.

Mientras Antonio Ezeta pretendía inútilmente que Porfirio Díaz le ayudase a recuperar el Gobierno perdido, Carlos se divertía.

Sin la distinción y la habilidad de un *rasta* de alto vuelo, de un ilustre americano, no podía aspirar a casar a sus hijas con un Morny, ni a figurar en el «tout Paris» en manera alguna. Dedicóse a gastar sus millones, y la vida parisiense le fué fácil para ese objeto.

Mas el nabab iba quedándose cada día con menos rentas, y buscó refugio en Monte-Carlo. Monte-Carlo le ha llevado a la ruina; ruina pregonada por la Prensa del mundo.

Es un hermoso capítulo de *Los presidentes en el destierro*— novela que espera un Daudet corregida por Juvenal.

Es en verdad digna de estudio la vida política de esos países centroamericanos. *South America* no cuenta con ejemplares tan admirables de perfecta tiranía. Luego ¿no es asombroso que de republiquitas cuyos habitantes son los de un barrio de Buenos Aires, puedan extraer esos tiranuelos dineros con que ufanarse varias veces millonarios?

Un día, Emilio Castelar, ofrecía en su casa, de Madrid, un almuerzo al representante de una República centroamericana, antiguo colaborador de *La Nación*. Como éste viese en una *panoplia*, entre varios retratos de celebridades universales, uno de Carlos Ezeta, dijo, poco más o menos, al célebre tribuno:

—Voy, señor, a buscar en Madrid un retrato de San Martín o de Bolívar, de Bello o de Andrade, para que esté quien debe estar en el lugar que ocupa en esa panoplia el presidente del Salvador. ¿Sabe usted la historia política de Carlos Ezeta?

Sonriente, Castelar, se dirigió a un amigo suyo, invitado al almuerzo, el Sr. Abarzuza, que después ha sido ministro.

—Esos países, esos países, están aún en estado primitivo.

Y continuó en larga peroración, con su manera siempre oratoria y maravillosa. Habló de las frecuentes revoluciones americanas, de las tiranías nuestras desde Rosas a los Ezetas, pasando por Guzmán Blanco y Rufino Barrios y Zaldívar. Bien enterado de nuestras agitaciones y pequeñeces, disertó de modo magistral, concluyendo, optimista, por augurar un tiempo mejor. Y en cuanto a la particularidad del envío del retrato de Ezeta, habló de la pomposa dedicatoria, y de cómo no era el primer retrato de mandarín americano que hubiera recibido con dedicatorias semejantes.

El retrato del tirano salvadoreño le había llegado por medio de los hijos de su amigo Carlos Gutiérrez, el millonario de San Sebastián, los cuales eran agregados, si mal no recuerdo, a la Legación del Salvador, presidida por Enrique Soto.

De este ministro contó aventura tan peregrina, que quizá jamás se haya visto cosa semejante. Consultaba, nada menos, con Castelar, la manera de ser recibido por la reina Cristina, *sin pronunciar el discurso* correspondiente...

¡Y cómo reía el maestro cuando narraba el caso!

Naturalmente, el embajador Carlos Ezeta tuvo que pronunciar su discurso, después de ser introducido por Zarco del Valle.

La compra de una casa-palacio en Madrid, según decires, fué hecha por un capitán, Francés y Roselló, y un señor Jerónimo Pou, ex secretario de Ruiz Zorrilla; Pou y Francés ayudaron a los Ezetas en su traición, estando ambos, en aquel tiempo, encargados de la escuela militar de la capital salvadoreña.

Antes de Carlos Ezeta, la América Central ha tenido excepcionales ejemplares de tiranos, comenzando con Darrera y acabando con Sacasa.

La unión de las cinco Repúblicas sería el comienzo de una verdadera regeneración; pero las ambiciones personales y los intereses de partido dificultarán por mucho tiempo el sueño de Morazán, de Cabañas y de Jerez.

Los *pronunciamientos* tienen por hoy raíces inextirpables, y de ellas no salieron Gobiernos buenos ni Gobiernos malos.

El imperio del militarismo triunfa, y los Presidentes de las Repúblicas no están seguros ni de los jefes de sus guardias de honor. Y no hay entre ellos más diferencia que la de la honradez: Menéndez, o Ezetas.

21-3-1895.

HORACIANAS

La fidelidad une al traductor inglés (Gladstone) con el argentino. Así se explica que en las traducciones de Gladstone, como en las de Mitre, haya sus inversiones y construcciones más o menos obscuras. Muchos han querido ser el espejo fiel del poeta latino. Mas ¿cómo lograr, ni el uno con su violento y elíptico inglés, ni el otro, aun con las ventajas del español, dado los inconvenientes que hay para que exista un buen consorcio entre las musas y los hombres que manejan los asuntos del Estado, y, como la política, es muy poco compatible con las músicas de la lira?

Los Gobiernos, sobre todo los Gobiernos democráticos, han ignorado siempre—¡cuándo no han sido fatales para ellos!—a los grandes artistas. Algunos célebres conquistadores guerreros y reyes han tenido a bien recrearse con el cultivo de las artes y de las letras. Lino enseña a Heracles a tocar la lira; Alejandro, lee su Homero; Napoleón, no desdeña rimas alejandrinas; Enrique IV, invoca el amor en versos; Carlos IX, versifica; *Un ingenio de esta corte*, hace comedias. El genial Carnot, que hizo canciones, despide líricamente a Felicidad Glairez, que parte para París de Magdeburgo:

Félicité nous est ravie;
Mon cœur en est déconcerté;
Les Ris, les Grâces l'ont suivie;
Pour nous plus de *félicité*.

Que le tendre amour l'accompagne,

O Dieu des cœurs, par charité,
Ramène-nous notre compagne
Rends-nous notre Félicité.

En nuestros días, reyes y hombres ilustres de la política no han tenido a mal frecuentar un poco la lira. León XIII, Don Pedro II del Brasil. En las Cortes europeas hay más de una *bas-bleu* conocida. La misma reina Victoria ha escrito su librito de recuerdos. El rey Humberto es un regular dantista, según se asegura. El rey de Grecia, versifica; el emperador de Alemania acaba de dar a luz su *Canto de Hegir*...

En cuanto a los hombres de Estado, Gambetta, hacía versos; Bismarck, no echa en olvido sus clásicos. En España, Cánovas tiene alto puesto entre los académicos poetas.

En Inglaterra es más común encontrar al político-literato. En todo inglés de cierta cultura está el *scholar* que duerme... Un periódico inglés pregunta, con motivo de la reciente publicación del *Horacio,* de Gladstone:

«¿Gladstone es el último de los hombres de Estado que combinan el estudio de los clásicos con la política? Las citas latinas son ahora raras en las Cámaras y en los discursos electorales. El griego ha sido casi excluido. Desde luego, la poesía en general hace mal *menage* con la política moderna. Los versos que se citan son sacados, probablemente, de ópera cómica... Felizmente, varios de nuestros hombres de Estado más en boga se distinguen por otras cualidades que las del político.»

No son muchos, por cierto, los casos que pueden citarse, en nuestras Repúblicas americanas, de hombres públicos que tengan amor a las letras y las cultiven. Sin referirnos, por supuesto, a los diletantismos gramaticales de Guzmán Blanco, apenas podemos recordar uno que otro nombre. Entre los primeros, el del actual jefe de la República de Colombia, Dr. Miguel Antonio Caro, a quien se debe, como es sabido, la mejor traducción de Virgilio en lengua castellana; el del inolvidable e ilustre doctor Rafael Núñez, que aun en los más agitados períodos de su vida de repúblico no pudo olvidar el cultivo de las letras; el de otro presidente, el del Ecuador, Dr. Luis Cordero, que es poeta filólogo y americanista consumado y que ya en el ejercicio del alto cargo que hoy desempeña, envió al Congreso de Huelva, en 1892, la contribución de un valiosísimo *Diccionario quichua*, y del general Bartolomé Mitre, que después de una larga vida de brega y triunfos civiles y militares, ofrece ejemplos de constancia, laboriosidad y vigor intelectual incomparables, obras como su versión completa del Dante, sus estudios lingüísticos y los frutos menores de sus descansos y vagares.

Esos ejemplos son honra para el continente y deben parecer cosas extrañas para el europeo—con justicia prevenido desde antaño contra nuestro modo de ser moral y nuestra cultura—que mira realizar tamañas empresas y brillar intelectualmente a varones semejantes en el país de los sargentones y de los *rastas*—virgen del mundo, ¡América inocente!

Y noble y trascendental lección da el traductor americano de la *Divina Comedia* a la generación que hoy se levanta en su patria, al ruido de tanto tráfico comercial y tanta agitación política y tanto y tan funesto olvido del espíritu. Bien habló a ese respecto en estas columnas el Dr. Maguasa.

Todos los intelectuales se quejan del actual decaimiento.

La mayor satisfacción para un hombre de letras—por no decir la única—es que sus producciones sean discutidas, criticadas y leídas.

No ha mucho hemos visto a nuestro general Mitre, al pie de una enorme, formidable montaña, a cuya cima se asciende por escalones de granito de hierro, de oro, de diamante, de desconocidos metales astrales: la montaña dantesca. Al poner el pie en el primer escalón: *Nel mezzo del Cammin...* alzó la vista a la altura y llenóle de temor la emprendida ascensión; más lejos, vió llameante el infierno *en donde pensó quedarse como traductor si le alcanzaba la condenación que acompaña a los traductores infieles: «traduttore traditore»*; más allá los prodigios del purgatorio; en la cumbre la gloria divina, la inmortal aurora del Paraíso. Y poseido de la fe en el arte y en su poeta, siguió hacia arriba, escalón por escalón, terceto por terceto, hasta poder escribir ya en la cima después de esfuerzos admirables, el verso ansiado de la coronación de la obra. *El amor que al sol mueve y las estrellas.* Después de todo, ¿quién sabe si refresca y halaga más a esa frente marcada por la guerra, el fresco y verde laurel de los poetas que las coronas ganadas en las luchas tribunicias, o las palmas de las batallas?

EL AMIGO AZAROFF

Tengo un amigo que se llama Azaroff. Es estudiante; vivía en un cuartillo estrecho y barato del barrio. ¿Es nihilista? No lo sé. Lo sospecho. Lo conocí en una conferencia de Mecislas Galberg, una noche, en el café Voltaire. Es un hermoso gigante rubio, de frente pensadora, ojos dulces, brazos fuertes, largos cabellos. Escribe sobre filosofía y sobre poesía y hace versos en su idioma. Es silencioso; mas en horas de amistad y de expansión mental se desborda en un francés puro—le conoce admirablemente —y ese eslavo, ese bárbaro parece un ardiente latino. ¡Cuántas noches hemos hablado de altas cosas, de nobles asuntos, recorriendo las orillas del moroso Sena! Ha sido amigo de Gorki y me ha contado curiosas anécdotas de la vida de ese sincero y grande escritor. ¿He dicho yo que Azaroff es muy pobre? Con un escasísimo puñado de rublos que recibe mensualmente de un pariente moscovita, logra todavía «proteger» a dos compañeros. Uno de ellos es una joven que estudia medicina y que es de una belleza soberbia e imponente. Ahora, sabed bien esto que parece extraordinario a mi sangre meridional y a mi idea de la existencia: Azaroff no tiene el menor interés sensual ni sentimental con esa cuerda y admirable amiga. Ella no le ama; él no la ama. Se quieren y se cuidan como dos camaradas buenos. Ella le hace el *menage*, le zurce la ropa; le pega el botón que le falta; le va a buscar las patatas fritas; le calienta el samovar. Él le lleva flores y libros usados de los *quais*. Leen juntos sus novelitas y sus poetas; van al concierto el domingo; una que otra vez al teatro. Después se separan con un cordial apretón de manos. Y él es para mí maravilloso así; y ella es honrada, como lo pueden asegurar sus vestidos más que humildes y sus zapatos gastados. ¡Con ese par de ojos, con esa tez de rosa fresca con ese cuerpo y en este París!

Esta mañana vino Azaroff a verme, muy temprano. Su visita era visita de despedida.—«Me voy me dijo, me voy en el tren de esta noche». Blandía un diario. Tenía en los ojos, suaves y azules relámpagos. Jamás le vi así. Recorría la habitación movido por sus nervios en tempestad. Comprendí lo que pasaba en su espíritu.—«Las noticias de su tierra... ¿no es así, mi querido amigo?»

—«Sí—me contestó con una voz que yo no le conocía.— ¡Sí, por fin despierta Rusia, por fin despierta de un profundo sueño de siglos!»

Las noticias: el pueblo por primera vez alzando su voz de protesta; el Zar ignorante y como acorralado en su palacio titubeando entre la oleada de afuera y la opresión de adentro; la sangre sobre la nieve en plena capital autocrática; las tropas peleando y lanceando a la muchedumbre; un pope que lleva la voz de los que protestan y a su lado la simpatía de toda la tierra; el comienzo de una tragedia que será la repetición histórica de la gran tragedia francesa de la Revolución; así el paisano ruso no está a la altura del paisano de Francia, ni la monarquía del autócrata de San Petersburgo está en iguales condiciones que la elegante y culta monarquía que tenía por flor suprema el libro llamado *María Antonieta*, el evangelismo tolstoiano de Yasnaia Poliana transformándose en la acción violenta y la represalia, el «padrecito» convertido en verdugo de su pueblo.

—«El padrecito convertido en verdugo de su pueblo, quizá *malgré lui*»—dije a Azaroff.

—«Sacha, el padre de este «padrecito», fué despedazado

por la dinamita—me contestó.—El fenómeno que hoy presencia la humanidad es el de la transformación de la protesta individual o de asociación, en protesta colectiva y unánime, en el grito general del pueblo ruso. Se ha cazado en las calles y sobre el Neva helado a las pobres gentes, como a patos. No sabe lo que hace el Gobierno, no sabe lo que ha hecho. Las célebres palabras: *C'est une émeute?*

—*No, sire c'est une revolution!* tiene ahora una explicación justa. Se ha despertado a esa enorme Nación, en verdad, de su sueño de siglos. Es cierto que, en el fondo de las estepas, hay una pasividad casi de piedra y que se ignora todo; mas el Mujick mismo oirá estos clamores, y la sangre tiene una elocuencia irresistible. Son los trabajadores los que se levantan y son los intelectuales; y hay los creyentes y hay los que no creen. Os aseguro: en el ejército mismo hay una buena parte que está con nosotros.

Ha habido soldados, ha habido cosacos que han arrojado sus fusiles para no tirar contra sus infelices hermanos. Hay quienes opinan que es menos peligrosa para la Corona rusa la acción colectiva que la acción individual, yo digo que una no quita otra, y que no impide la obra revolucionaria el gesto anárquico y vengador de un Sasonoff. Hay quienes también censuran la oportunidad del movimiento, y dicen que no es de quienes buscan el bien de la patria el levantarse cuando el extranjero enemigo está venciendo al ejército nacional allá en Manchuria... A Manchuria debían haber ido a disparar sus rifles los asesinos de obreros, de mujeres y de viejos y de niños; a Manchuria debían haber ido a mostrarse valientes, y no contra los trabajadores desarmados que no han ido sino a pedir justicia; que no han solicitado más que ver al emperador, el cual ha evitado la entrevista por mal aconsejado o por miedoso, a pesar de la tranquila actitud popular y de las advertencias del bravo pope Gapon.»

Azaroff fumaba, y sus palabras, indignadas, salían

envueltas en humo.

—Ya veréis—continuó—cómo renace en un momento la energía de los indomables de antaño. Se dice que el Gobierno sabrá reprimir el movimiento. Sin embargo, el explosivo va, como el grisú, por lo subterráneo. Se agitará el pueblo en Varsovia, en Riga, en todas partes; los Centros revolucionarios que trabajan en el extranjero activan su labor. No será extraño, y será casi seguro, que los atentados aislados del nihilismo empiecen de nuevo. ¡Ah, pobre gigante ruso! ¡Por un lado, se hace destrozar por los hábiles japoneses, que ellos sí, a pesar de ser el Mikado descendiente de Dioses y a pesar de haber sido hasta ayer un pueblo bárbaro, tienen Constitución, tienen leyes que reglamentan el trabajo, tienen libertad de la Prensa, y por otro, se hace fusilar por los seides de la más absurda tiranía en pleno siglo XX!

¡Y esa riqueza, y ese robo, y ese peculado de arriba ante la miseria y los sufrimientos de abajo, y esa ignorancia y ese fanatismo, provechoso a quien no solamente es el Monarca absoluto, sino también el Papa, el jefe espiritual y sacrocesáreo de tantos millones de hombres! Y esos grandes duques, borrachos, que vienen a hacer escándalo a casa de Maxim, a los hoteles de la Riviera; esos aventureros haraganes, que desde que nacen tienen millonadas de rublos, honores, consideraciones, respetos... ¿Cuántos de esos Vladimiros y Cirilos andan a la cabeza de las tropas allí donde los infelices soldados están muriendo, sin saber casi por qué, y a los que no se les da más consuelo que iconos y bendiciones? La sangre derramada en la guerra y la de los obreros se juntan para la conciencia rusa, que no ve más que una causa: la secular oligarquía, que había de desaparecer al empuje de la Revolución rusa. Por más que murmuren los incrédulos, ya se verá en todo el mundo el resplandor que brotará de la ardiente hoguera de la Revolución rusa... Yo me voy; otros compañeros se van.

Vamos exponiendo la vida, pero hay que cumplir con su deber. Aquí, en París, en otras partes de Europa, en los Estados Unidos, tenemos focos organizados, que alentarán de diferentes guisas al impulso. No ha de pasar mucho tiempo sin que grandes acontecimientos revelen a la Humanidad que el pueblo ruso no es un pueblo muerto. Allá serán capaces de matar a unos cuantos directores; matarán a Gorki, por ejemplo; pero hay muchos jacobinos que le reemplazarán. La protesta activa se hará también notar en otras partes, sobre todo en donde la población del Zar abunda, en donde somos los rusos de ideas libres vigilados y perseguidos... Y luego, repito que en el pueblo de allá no hay tanta ignorancia de lo que pasa. Los proverbios son, como sabéis, la sabiduría de las naciones. Y los proverbios nuestros dicen: «La Rusia es grande y el Zar es ancho». «Si el Zar nos da un huevo, nos toma una gallina». «La corona del Zar no le libra del dolor de cabeza». «Cuando el Zar muere, ni un mujick quisiera cambiarse por él». «Una lágrima del Zar cuesta al país muchos pañuelos». «Un Zar bien gordo no pesa más en las espaldas de la muerte que un mujick flaco». «La mano del Zar no tiene más que cinco dedos, como las otras». «El Zar mismo no puede apagar con su soplo el sol».

—¡Adiós!—me dijo Azaroff.—¡Quién sabe si volveremos a vernos!

—¡Adiós, Azaroff, amigo mío, puesto que vas a tu tierra a trabajar por la libertad de tu pueblo inmenso!

Luego he visto a su amiga, la hermosa estudianta. Le hablé del compañero que partía, y vi en su rostro admirable, en el gesto de sus frescos labios, en lo hondo de sus brillantes ojos, más orgullo que pesar.

—Qué, ¿no hay amor?—le pregunté.

—¡Sobre el amor—me dijo—está la libertad!

ONOFROFFISMO
La comedia psíquica

SEÑOR director de *La Nación*: *Misterium* ha conversado conmigo sobre el artículo que hoy ha publicado en estas mismas columnas el señor Raoul Morlais. Me ha dicho asimismo que puedo comunicar a usted su respuesta.

Misterium ha conocido a madame Blavatsky por las propias obras de ella, por la biografía que escribió la hermana, y por los apologistas del *Lucifer*, sin contar con el ferviente y apasionado libro de Sinnet, en que se trata de la renombrada y extraordinaria taumaturga.

Pero también ha leído—¡ay, desgraciadamente para su credulidad de poeta, y amigo de lo supra-terrestre!—los escritos de algunos señores que no son teósofos ni poetas, entre los cuales señores Andew Lang y Max Müller.

No es *Misterium*, por cierto, adorador de la ciencia; pero protestando y todo, a pesar de la sonada reciente bancarrota, se deja aplastar por el carro de Jagernant.

Antes—y ahora, cuando no sale del recinto de sus sueños—creía en una madame Blavatsky completamente maga; una madame Blavatsky que conversaba a millones de leguas con sus amigos y maestros, los mahatmas del Tibet; una madame Blavatsky que *hacía* materia—, y la más preciosa: oro. Imaginábasela rodeada de sus elementales, como una reina de cuento azul de gnomos.

Quiso ser teósofo, y se dió a estudiar libros y revistas especiales, que tenían en las carátulas cabezas de Gistos sobre estrellas enormes, o frases en hebreo, o misteriosos paragramas. Pronunció muchísimas veces con la unción de un digno catecúmeno, la sagrada y mágica palabra *um*; y tan a pechos tomó la lectura de autores esotéricos, que, poco más, y le sucede lo que le sucedió al reverendo padre Valdecebro.

Cuando más vigorosamente se entusiasmaba y juraba por el coronel Olcott, bravísimo profeta de madame Blavatsky, y afianzaba más su fe al conocer como sabios de la talla de Crookes, presentaban a Katy King, encantadora difunta, como si fuese una señorita viva; y como la sociedad teosófica aumentaba sus numerosos adeptos, hindús, ingleses, yankees, franceses y españoles, cayeron en sus manos los escritos de los antiteosofistas.

Mucho tuvo que luchar *Misterium* para no dejarse arrebatar su ilusión, que juzgaba verdadero tesoro.

Calificó de envidiosos y de cobardes a los que se atrevían a llamar vulgar espía político a la Papisa budhista, y, sobre todo, a negarla su potencia maravillosa.

Asistió todavía en espíritu al baile blanco que dió la duquesa de Pomar a la persona astral de María Estuardo, y se refugió en su ensueño para librarse de los mandatos de la ciencia oficial.

Mas hasta allí persiguiéronle los horribles hombres científicos, los cuales fueron los primeros en pronunciar las palabras que han llamado la atención del Sr. Morlais: «Monstruoso charlatanismo».

El Sr. De Morlais debe conocer la campaña emprendida contra madame Blaratsky y la doctrina que propagaba, sobre todo, con motivo de sus milagros y manifestaciones taumatúrgicas.

Mucho han defendido sus discípulos y apóstoles, a la innegablemente simpática e inteligentísima rusa, la cual obtuvo su maravillosa ciencia por don especial, pues sin haber frecuentado los libros, sabía tanto como muchos sabios.

Mas sus contrarios no cesan, a pesar de haber ella muerto; el número y calidad de ellos, sobre todo la calidad, son abrumadores.

❉

¿Quiere el Sr. De Morlais una prueba recientísima?

Abra el último número llegado—número de febrero—de la *North American Review*, y lea las páginas escritas por Sedwidg Minot sobre «La comedia psíquica». La fuente no es, por cierto, de escasa o sospechosa autoridad.

Se ocupa el escritor en dinamitar esos dos Palacios de *Las mil y una noches*, que basados en una poética ciencia—¡cómo se entrechocan esas palabras!—son consoladoras y amables academias, para el alma y para la poesía: la *Sociedad Teosófica* y la *Sociedad Psíquica*.

Sus ideas son claras y fuertes, y sus frases sin penachos.

¿Cuál es la causa de los recientes entusiasmos hiperespirituales? Según él, está en nuestra atmósfera mental. Algunas personas están satisfechas con el ideal cristiano y con la cristiana aceptación de los límites de la humana vida.

Su objeto es demostrar que la Theosophical Society, no merece una seria consideración, y que la Psychical Society, no observa las necesarias condiciones de investigación científica en sus rebuscas sobre transmisión de pensamiento —telepatía—y fantasmas, o aparecidos.

«Hay un buen número de gentes que creen en las extraordinarias doctrinas conocidas por budhismo exotérico, hacia el cual Mr. Sinnet, fué el primero en llamar la atención del público lector». El poder maravilloso de la Papisa está descrito y testificado en el *Occult Nord* de Sinnet.

Sedwidg se permite calificar irreverentemente ese poder de «a series of magical performance by a clever woman who called herself madame Blavastky!» El hecho más extraordinario, fué que habiéndose roto una taza, en un picnic, al que concurría dicha señora, ordenó ésta cavar en cierto punto del campo, en donde fué encontrada otra taza igual, la cual fué *creada* por ocultas y mágicas influencias.

Sedwigd pasa muy rápidamente sobre la parte biográfica de la fundadora de la Sociedad Teosófica: su origen ruso, su nacimiento en 1831; su carácter—¿soportará el señor de Morlais?:«—she appears to have been a singullary ill-natured, bad-tempered, injust, unreasonable, and, selfish person». Confesábase ella misma dotada de sobrenaturales virtudes y potencias;—su viaje, por fin, a los Estados Unidos, en 1873, donde escribió su *Iesis unveiled*. Allí encontró al Coronel Olcott—, «a worthy but seemingly credulons gentleman»—que fué su principal ayudante para el establecimiento de su sociedad.

Siendo la India cuna de la sabiduría esotérica, y en donde madame Blavastky fué principalmente iniciada, la cabeza, la sede teosófica, se trasladó a la India.

Ya establecida allá, «la profetisa» convirtió a muchos, entre ellos, quien sería más tarde uno de sus más sonantes trompeteros: Sinnet. Sinnet, iniciado, logró también la comunicación de los mahatmas. Los mahatmas son seres extraños, dominadores de las fuerzas ocultas de la naturaleza. Pueden hacer caer fresca, en un salón de Buenos Aires, una rosa que acaba de abrirse en París o en Calcuta. Escriben cartas mágicamente, conversan a miles de leguas de distancia, viven cientos de años, tienen ojos misteriosos, fascinadores y profundos. Así los pintan.

En las naciones occidentales, dice Sedwig, y

especialmente en los Estados Unidos, han encontrado buen terreno el espiritismo, la clarovidencia, el mesmerismo.

Paul Bourget acaba de darnos en su *Ultramar* excelentes páginas respecto al espiritualismo yankee.

Las mujeres americanas están más expuestas al contagio.

La superioridad absoluta de las ciencias ocultas de Oriente sobre la ciencia occidental—de que habla uno de los interlocutores del diálogo *La esfinge*, de Misterium—, está predicada en el *Esoteric Buddhism* de Sinnett. Esto es causa de que en las obras teosóficas haya afirmaciones que contradicen abiertamente la ciencia oficial. Por ejemplo, afírmase que antes, en tiempos inmemoriables, existía un gran Continente en el lugar que hoy llena el Océano Atlántico. Los geólogos han considerado la hipótesis, pero la han positivamente rechazado. No obstante, Sinnet escribe: «La ciencia ha aceptado, por fin, la existencia del gran Continente, etc.»

«Again he asserts that the vegetable precedes the animal in the process of development, but it is not true. *It is true that Mr. Sinnet and his Mahatma are both gloriously ignorant of the elementary truth of nature science.*»

La boga adquirida por la obra de Sinnet se debió, según Sedwidg, a que la mayor parte de sus lectores estaban poco familiarizados con las ciencias naturales.

Luego aparecieron los terribles demoledores. Entre ellos, el más implacable: «The most cruel blow to esoteric Budhism.» Mr. Richard Hodgson talentoso y concienzudo investigador.

Hodgson fué el centro teosófico principal para estudiar los fenómenos; fué a la India. Conoció al desde entonces nombrado Coulomb y su mujer; presenció uno de los fenómenos más importantes y estupendos: «el de las cartas enviadas mágicamente por *desintegración*; vió colocar en el misterioso gabinetito llamado *shrine* las cartas que debieran desintegrarse. El *shrine* fué entonces cerrado; las cartas se *desintegraron*, y aparecieron las respectivas contestaciones.»

Los discípulos creían y creen que las cartas eran quitadas por desintegración, por el poder mágico del oculto introductor o mahatma.

«Vivía éste, asegurábase, en el Tibet, y las contestaciones eran compuestas por él, desintegradas en el Tibet y reintegradas en el Shrine.»

Mr. Hodgson descubrió que el Shrine tenía una falsa entrada, *que se comunicaba con el dormitorio de madame Blavastky...*

Las cartas que se creían obra del mahatma, eran escritas por ella. De un lado del Shrine había credulidad, del otro fraude.

Después apareció el célebre Molinis, uno de los principales actores de la *Comedia Psíquica*. Pero todo el honor a la señora «Madame Blavastky was certainly one of the most successful of impostors.»

Y luego: «Madame Blavastky and other *charlatans*».

Oh, el desolado *Misterium* no perdona, como el señor de Morlais, seguramente, tamaños epítetos dirigidos a una sacerdotisa del Misterio; mas los hombres de la ciencia no respetan los hermosos sueños ni los poéticos entusiasmos.

Misterium escribió, pues, sustentada en algo más que en una revista de Papús.

Y me ha encargado manifestar al señor de Morlais, junto con su agradecimiento por sus palabras lisonjeras, el deseo que nunca tenga que lamentar la pérdida de sus ilusiones teosóficas.

Creer en algo: he ahí una riqueza.

Ah, es doloroso tener que convencerse de que madame

Blavastky no haya podido prolongar su vida quinientos años; que Papús haga negocios con sus facultades mágicas; que Peladan esté en continua berlina, y que Onofroff, el grande y culto Onofroff, tenga que sufrir muy pronto la misma suerte, el mismo triste olvido que la serpentina, el hombre descuartizado y *La Verbena de la Paloma*.

JOSÉ ENRIQUE RODÓ

El oficio de pensar es de los más graves y peligrosos sobre la faz de la tierra, bajo la bóveda del cielo. Es como el del aeronauta, el del marino y el del minero. Ir muy lejos explorando, muy arriba o muy abajo, mantiene alrededor la continua amenaza del vértigo, del naufragio o del aplastamiento. Así, la principal condición del pensador es la serenidad.

En la América nuestra no hemos tenido casi pensadores; no ha habido tiempo. Todo ha sido fecundidad verbal, más o menos feliz, declamación sibilina, «pastiche» oratoria, expansión, panfleto. Con dificultad se encontrará en toda la historia de nuestro desarrollo intelectual este producto de otras civilizaciones: el ensayista.

José Enrique Rodó es el pensador de nuestros nuevos tiempos, y, para buscar siempre el parangón en el otro plato de la balanza americana, diré que corresponde a Emerson. Es el Emerson latino cuya serenidad viene de Grecia, y cuya oración dominical es la salutación a Palas Atenea, la plegaria ante la Acrópolis. Y advertid que, a pesar de lo que se afirme y comente, Rodó no es un renaniano, en el sentido que en el común dialecto literario se da a esta palabra. Su tranquila visión está llena de profundidad. El cristal de su oración arrastra arenas de oro de las más diversas filosofías, y más encontraréis en él, del más optimista de los ensayistas, que del gordo cura laico biógrafo de nuestro Señor Jesucristo, abate de Jouarre *in partibus infidelium*.

Desde sus comienzos, la obra de Rodó se concreta en

ideas, en ideas decoradas con pulcritud por la gracia dignamente seductora de un estilo de alabastros y mármoles. Solamente que él pigmencioniza, y el temor de imposibilidad de frialdad desaparece cuando se ve la piedra cincelada que se anima, la estatua que canta. Nació con vocación de belleza y enseñanza. Enseñanza, es decir, conducción de almas. A tal pedagogía es a la que se refiere el Dante en un verso referente a Virgilio. Cuando apareció su primer opúsculo, «Vida Nueva», se vió el surgir de un maestro en su generación, en la generación continental. Su segundo opúsculo sobre el autor de «Prosas Profanas», o mejor dicho, sobre este libro de poesías, lo afirmo virtuoso de la prosa de la erudición elegante, y en la última parte de su trabajo, profeta. Altas y generosas especulaciones le ocuparon, y «Ariel» señala un nuevo triunfo de su espíritu y una nueva conquista de sus predicaciones, por la hermosura de la existencia, por la elevación de los intelectos hispano-americanos, por el culto nunca desfalleciente ni claudicante del más puro y alentador de los ideales. Definíase más y más su personalidad, y se hubiera dicho un filósofo platónico de la flor del paganismo antiguo, resucitado en tierras americanas. Y tuvo el más bello de sus gestos cuando llevado a las controversias de la Prensa y a las agitaciones de la cámara por los caprichos de la política, el adorador de los dioses de la Hélade salió a la defensa de nuestro pálido Dios Cristiano, desterrado allá como en Francia, de los lugares de la Justicia, por obra de la roja cosa jacobina.

Por último, aparece su obra magna hasta hoy, esos «Motivos de Proteo», aires mentales, sinfonías de ideas que llevan dentro tanta virtud bienhechora, libro que ha sido acogido en todas partes con entusiasmo y con razonada admiración. Es un libro fragmentario, ¡pero cuan lleno de riqueza! Fragmentario ocasional o decididamente. Ello hace que su prosecución sea indefinida, y que el encanto y el provecho se prolonguen en la esperanza después de cada aporte. El tesoro está allí. Cada vez que Aladino baje, estemos atentos.

R. D.

ÍNDICE

EDITORIAL «MUNDO LATINO»

APARTADO 502, MADRID

CATÁLOGO PROVISIONAL
(EXTRACTO DEL CATÁLOGO GENERAL)

OBRAS COMPLETAS

DE RICARDO DE LEÓN
(de la Real Academia Española)   *Pesetas.*

Edición del Banco de España. Ocho volúmenes en
4.º, encuadernados en tela, con alegorías de
Coullaut Valera y retrato del autor, por
Vacqué.   50,00

A plazos (5 pesetas mensuales)   60,00

DE FRANCISCO VILLAESPESA

I.—Intimidades.—Flores de Almendro.	3,00
II.—Luchas.—Confidencias.	3,00
III.—La copa del Rey de Thule.—La musa enferma.	3,00
IV.—El alto de los Bohemios.—Rapsodias.	3,00
V.—Las horas que pasan (Veladas de amor).	3,00
VI.—Las joyas de Margarita: Breviario de amor.—La tela de Penélope.—El milagro del vaso de agua.	3,00
VII.—Doña María de Padilla.—La cena de los cardenales.	3,00
VIII.—El milagro de las rosas.—Resurrección.—Amigas viejas.	3,00
IX.—Las granadas de rubíes.—Las pupilas de Almotadid.—Las garras de la pantera.—El último Abderramán.	3,00
X.—Tristitiae rerum.	3,00
XI.—La leona de Castilla.—En el desierto.	3,00

XII.—El rey Galaor.—El triunfo del amor.   3,00

DE RUBÉN DARÍO
(Ilustraciones de Ochoa)

Tomos publicados:

Ediciones especiales de lujo, con decoraciones a mano de Enrique Ochoa.

HENRIK IBSEN
TEATRO COMPLETO

I.—Catilina. La tumba del guerrero. La castellana de Ostrat.   3,50

II.—La fiesta de Solhaug. Olaf Liliekrans. Los guerreros en Helgeland.   3,50

III.—Los pretendientes a la corona y la comedia del amor.   3,50

IV.—Brand.   3,50

V.—Peer Gynt.   3,50

VI.—La unión de la juventud. Las columnas de la sociedad. La casa de una muñeca.   3,50

VII.—Emperador y Galileo.   3,50

VIII.—Espectros. Un enemigo del pueblo. El pato silvestre.   3,50

IX.—La casa de Rosnier. La dama del mar. Hedda Gabler.   3,50

X.—El constructor Soiness. El niño Eyoit. Al despertar de nuestra muerte.   3,50

En preparación obras completas de José Turroll.

JOSÉ FRANCÉS

El año artístico 1915.	6,00
» » » tela.	8,00
El año artístico 1916 (con 250 grabados).	10,00
» » » » » tela.	12,00
El año artístico 1917 (con 250 grabados).	11,50

»	»	»	»	»	tela.	13,00

El año artístico 1918 (con 250 grabados). 11,50

»	»	»	»	»	tela.	13,00

COLECCIÓN DE AUTORES ESPAÑOLES

NOVELAS

Edmundo González Blanco. —Jesús de Nazareth.	3,00
José Francés. —La estatua de carne.	3,00
—El alma viajera.	3,50
López de Sáa. —Los indianos vuelven.	3,50
—Bruja de amor.	3,50
—Por un milagro de amor.	3,50
W. Fernández Flórez. —La procesión de los días.	3,00
Elías Cerdá. —Don Quijote en la guerra.	2,00
V. García Martí. —Don Severo Carvallo.	2,50
María Luisa Latil. —Según labremos.	3,00
—Genoveva.	2,50
Eugenio Noel. —El allegretto de la Sinfonía VII.	3,00
Rafael Cansinos-Asséns. —Las cuatro gracias.	3,50
Francisco Delicado. —La lozana andaluza.	3,00
J. de Lucas Acevedo. —La Caja de Pandora.	3,00
Martín de la Cámara. —Vidas llameantes.	3,00
Mañara. —Historia en camisa.	3,00

ESTUDIOS Y CRÓNICAS

Emiliano Ramírez Ángel. —Bombilla-Sol-Ventas.		3,00
J. M. Carretero. —Lo que sé por mí (dos series).		3,00
J. Costa. —Alemania contra España.		3,00
Pedro Pellicena. —Los Cosacos.		3,50
Margarita de la Torre. —Jardín de damas curiosas.		3,50
Fola Igurbide. —El Actor.		3,50
Alberto Ghiraldo. —Los nuevos caminos.		3,50
Enciso. —El soneto en España.		3,00

POESÍAS

José Montero. —Yelmo florido (con ilustraciones).		4,00
Zurita. —Pícaros y donosos.		3,00
Mauricio Bacarisse. —El esfuerzo.		3,00
Eliodoro Puche.	—Libro de los elogios galantes y de los crepúsculos de otoño.	2,50
	—Corazón de la noche.	2,50
	—Motivos líricos.	2,50
Emilio Carrère. —El retablo de los poetas (Antología).		3,50

TEATRO

Muñoz Seca y *López Núñez.* —El Rayo.		3,00
H. Ibsen.	—Dramas líricos.	2,00
	—La castellana de Ostrat.	2,00
	—Espectros.	2,00

LAS GRANDES FIGURAS DE LA GUERRA

EUROPEA

Biografías de los generales: **Alberto I de Bélgica.**
—Joffre.—Sir John French.—Lord Kirchener.
Con preciosas fototipias, a.   3,00

COLECCIÓN DE AUTORES
EXTRANJEROS

Traducidas por *Felipe Trigo, Rafael Cansinos y Pedro
de Répide.*

Victoriano de Saussay.—La ciencia del beso.	3,50
René Emery.—Santa María Magdalena.	3,50
Maquiavelo.—Obras festivas: La Mandrágora.—El P. Alberico.—La Celestina.—El archidiablo Belfegor.	3,00
Claudia Lemaitre.—Juegos de Damas.	3,50

CELEBRIDADES ESPAÑOLAS

I.—Bécquer. (encuadernados en tela)	3,50
II.—	
Zorrilla. (ídem)	3,50
III.—	
Espronceda. (ídem)	3,50

COLECCIÓN SELECTA

Tomás de Quincey.—Los últimos días de Kant.	1,00
Kalidasa.—El reconocimiento de Sakuntala.	1,00
Rousseau.—Discurso sobre las artes y las ciencias.	1,00
Luciano de Samosata.—La diosa de Siria.	1,00

L. Sterne. — Viaje sentimental de un inglés a
Francia.

1,00

F. Alvarado. — El filósofo rancio. (Cartas)

1,50

COLECCIÓN CIENCIA Y ARTE

Ricardo — ¿Qué quieres aprender?
Yesares. Electricidad. (Encuadernado en
tela). 3,50

— ¿Qué quieres ser? Automovilista.
(Encuadernado en tela). 3,50

OBRAS VARIAS

Stendhal. — Del amor. 6,00

E. M. Segovia (Oficial del Banco de España). — Los
documentos de crédito. 5,00

Rivero. — Legislación de clases pasivas. (Volumen
de 500 páginas, encuadernado en tela). 10,00

R. Yesares. — Ayuda memoria del mecánico
electricista. (Un volumen, encuadernado en
tela). 1,50

LIBROS DE CARTAS

El arte de escribir cartas. 1,00

Manual epistolar (encuadernado en tela). 2,00

Cartas amorosas. 0,60

Epistolario de amor (encuadernado). 2,00

COLECCIONES POPULARES

COLECCIÓN «MAC-BULL»

Obras sensacionales, originales del conocido
escritor señor *Bedoya*, cuya maestría en esta
literatura es universal:

El millonario detective.	1,50
El secreto del Kaiser.	1,50
La bola de sangre.	2,00
El alma de las brujas.	2,00

ACABÓSE
DE IMPRIMIR ESTE
LIBRO EN MADRID, EN LA
TIPOGRAFÍA YAGÜES
EL DÍA X DE ABRIL DEL
AÑO MCMXIX

ACABÓSE DE IMPRIMIR ESTE LIBRO EN MADRID, EN LA TIPOGRAFÍA
YAGÜES EL DÍA X DE ABRIL DEL AÑO MCMXIX

www.ingramcontent.com/pod-product-compliance
Lightning Source LLC
Chambersburg PA
CBHW032000010726
47493CB00007B/2276